FUSION FANTASY STORY & ADVENTURE

사도연 퓨전판타지 장편소설

신세기전

dream
books
드림북스

신세기전 10 명교

초판 1쇄 인쇄 2017년 5월 12일
초판 1쇄 발행 2017년 5월 22일

지은이 사도연
발행인 오영배
기획 박성인
책임편집 김다슬
표지 · 내지 디자인 공간42
제작 조하늬

펴낸곳 (주)삼양출판사 · 드림북스
주소 서울시 강북구 도봉로 173
대표 전화 02-980-2112 **팩스** 02-983-0660
편집부 전화 02-980-2116 **팩스** 02-983-8201
블로그 blog.naver.com/dreambookss
출판등록 1999년 3월 11일 제9-00046호

ⓒ 사도연, 2017

ISBN 979-11-283-9110-1 (04810) / 979-11-313-0648-2 (세트)

드림북스는 (주)삼양출판사의 판타지 · 무협 문학 브랜드입니다.

FUSION FANTASY STORY & ADVENTURE

사도연 퓨전판타지 장편소설

신세기전

명교

10

dream
books
드림북스

신세기전

목차

48장

호세천부

"폐, 폐하를 지키…… 크아아아악!"

"어떻게든 막으란 말이다아아아아아!"

불길은 암로를 따라 흘러넘치면서 닿는 모든 것들을 닥치는 대로 집어삼키려 했다.

금의위는 어린 황제를 지키기 위해서 몸을 날리려 했지만 반응하기도 전에 이미 불길은 그들을 휩쓴 뒤였다. 결국 황제마저 집어삼키려는 순간,

"허튼짓!"

별안간 황제 앞으로 누군가가 튀어나온다 싶더니 거칠게 앞으로 쌍장(雙掌)을 내질렀다.

퍼어어어어어어엉!

불길은 모조리 갈가리 찢겨지면서 흩어졌다.

대신에 폭발력이 강해 암로를 둘러싸던 일대 공간 전체
가 무너지거나 밀려나면서 커다란 구덩이가 파였다.

휘이이이이이……!

"폐, 폐하, 괘, 괜찮으십니까?"

어린 황제를 품에 꼭 끌어안았던 내관은 멍하니 자신들
을 지켜 준 존재를 보다, 다급히 황제의 옥체를 살폈다.

어린 황제는 넋을 잃은 채로 있다가 겨우 고개를 끄덕였
다.

"괘, 괜찮, 소이다…… 하, 한데, 겨, 경은……?"

어린 황제는 내관을 보지 않고 자신들을 구해 준 사람을
보았다.

"흠……! 조금 아프긴 하군. 과연 제천대성. 강해."

그는 짧은 신음 소리를 내면서 피투성이가 되어 일그러
진 손을 바로잡았다.

우두둑. 두둑.

근골이 바로잡히면서 끔찍한 격통이 있을 텐데도 불구하
고 눈썹만 살짝 찌푸린다.

그 모습이 어린 황제의 눈에는 하늘에서 내려온 신장(神
將)으로 비쳐졌다.

못된 마귀에게서 자신을 보호하라며 하늘이 자식인 자신에게 내려 준 신장.

국사가 귀히 쓰일 것이라면서 데려왔던 네 존재 중 한 사람인 그는, 황제의 눈길을 눈치챈 것인지 뒤를 슬쩍 돌아보다 피식 웃었다.

두 눈을 반짝이고 있는 모습이 꼭 먹이를 바라는 아기 새처럼 보였다. 옷은 근엄한 용포를 둘렀으면서.

"꼬마야, 걱정 마라. 너는 어떻게든 내가 지킬 생각이니까."

"그게 무슨 망발이요! 감히 폐하께 꼬마라니!"

내관이 버럭 화를 낸다.

하지만 사내는 내관 쪽을 보지도 않고 어린 황제만 응시했다.

어린 황제는 난생처음으로 들은 반말에 살짝 놀랐지만, 이내 배시시 웃었다. 다른 사람이 그랬다면 경을 쳤겠지만, 이 사람이 그러니 꼭 기분이 나쁘지만은 않았다.

"잘 부탁드리오."

사내는 고개를 크게 주억거리더니,

콰아아아아아아아앙!

반대편 쪽으로 몸을 날렸다.

그사이 어린 황제는 내관과 함께 다급히 자리를 벗어나

기 시작했다.

* * *

화천은 한참이나 뒤로 쭉 밀려나다가 손등으로 볼에 묻은 그을음을 닦았다.

피식.

그을음과 함께 핏방울이 살짝 배어 나온다. 상처를 입은 것이다.

그의 두 눈이 다른 어느 때보다 크게 타올랐다.

"내가 불을 다스리는 존재인 것을 알면서도 불길을 터뜨렸단 말이지? 오만한 건지, 멍청한 건지…… 하! 재미있어."

송곳니가 훤히 드러나도록 웃는 화천을 보면서, 지호는 바로 달려들지 않았다.

대신에 요요히 화안금정을 번뜩인다.

"'강림'인가?"

"보다시피."

"어떻게 절지천통을 연 거지?"

"굳이 그걸 설명해 줘야 하나?"

흔히 이런 경우에는 예지안으로 정보를 읽어 들이는 경

우가 많지만, 화천은 철저하게 그것에 대한 정보를 잠가 놓고 있었다.

역으로 정보를 읽어서 반격하는 걸 막으려는 것이리라.

화아아아아아……!

화천을 따라 붉은 열풍이 불어닥친다.

이미 폐허가 되어 버린 지 오래인 자홍성의 일부가 거기에 휩쓸리면서 불길이 번져 나가기 시작했다.

"어차피 이리 만난 이상, 죽기 아니면 살기인 것을."

차갑게 웃는 화천에 반응하듯 불길은 지호를 따라 감돌면서 당장이라도 집어삼킬 것처럼 붉은 혓바닥을 날름거렸다.

"하긴 그것도 그러네."

지호도 그를 따라서 웃더니 고개를 외로 꺾었다.

"그럼 한꺼번에 덤벼. 일일이 상대하기 귀찮으니까."

지호는 화천이 아닌, 화천의 뒤편을 응시했다.

화천이 웃었다.

"오만하군. 하지만 또 그래야 제천대성답겠지."

그의 말이 끝나는 것과 동시에,

팟! 팟! 팟! 팟!

공간이 열리면서 세 명이 더 나타난다.

그들에 대한 정보가 지호에게 차례대로 읽혔다.

커다란 덩치를 자랑하며 땅을 열고 나타나는 자.

　─나찰천. 세상의 모든 악귀와 요괴를 다스린다는
존재. 나찰과 나찰녀의 시조이며, 호세천부의 12부처
중 남서쪽 하늘을 다스린다.

하늘에서부터 뚝 떨어져 푸른 머리를 길게 흩날리며 나
타나는 여인. 가벼운 발걸음을 따라 땅 끝이 촉촉하게 물기
로 젖었다.

　─수천. 호세천부의 12부처 중 서방을 다스리며 물길
을 다루고 날씨를 부린다는 부처. 본디 싸움밖에 모르
는 아수라였으나, 석가여래에 의해 교화되어 불가에 귀
의하였다.

화아아아아!
바람을 뿌리며 나타난 사내도 있었다. 어린 황제를 구하
기도 했던 부처는 갈색 빛으로 빛나는 근육을 드러내며 익
살맞게 웃는다.

　─풍천. 북서방을 다스리며 세상 모든 바람과 구름

을 부린다. 호세천부 12부처 중 하나.

　하나같이 화천과 비교해도 절대 뒤지지 않을 기세를 자랑하는 이들.
　바로 호세천부의 천불(天佛)이었다.

*　　　*　　　*

　천계의 끝자락에는 본디 두 개의 하늘이 있다.
　옥황상제가 머무는 대라천.
　그리고 석가여래가 자리 잡은 도리천.
　하지만 본디 하늘은 세상을 감싸는 지붕으로써 두 개가 존재할 수가 없으니.
　때문에 오랜 세월 동안 옥황상제와 석가여래는 서로 천계의 주도권을 잡기 위해 신경전을 벌이다, 끝내 전쟁으로까지 확산되었다.
　그러나 대라천의 전력은 도리천에 비해 수십 배에 달하는 바.
　특히 숫자가 수백만을 헤아린다는 천군(天軍)은 하나하나가 한때 하계에서 이름을 날렸다는 고수들 중에서도 특별히 엄선한 자들이기에, 도리천으로서는 압도적인 전략적

열세에 놓일 수밖에 없었다.

하지만 도리천은 절대 밀리지 않았다.

아니, 때때로는 대라천을 압도할 때도 있었으니.

이는 모두 천군에 있어 공포로 자리매김한 어느 조직 때문이었다.

호세천부(護世天府).

석가여래의 명에 따라 불가의 하늘을 수호한다는 곳.

호세천부는 숫자가 그리 많은 것도 아니었다.

구성원의 숫자만 해도 고작 열둘.

천군 중 한 줌을 가져와 뿌리기만 해도 흔적조차 없이 사라질 것처럼 보일 수밖에 없다.

하지만 호세천부는 그 적은 구성원만으로도 능히 천군 전체를 압도하고도 남았으니.

우주를 다스리며 하늘 그 자체라는, 범천.

대지를 상징해 극락을 영도하는 지장보살, 지천.

악인에게 신벌을 내린다는 제석천.

열 개의 지옥을 다스리는 염라, 염마천.

홀로 전장에 서기를 좋아한다는 문천.

물을 다스리고 날씨를 조종하는 수천.

온몸에 불길을 둘렀다는 화천.

악귀와 요괴들의 왕, 나찰천.

바람을 따라 명성과 재산을 보호한다는 풍천.

비서사라고도 알려진 파괴의 신, 이사나천.

밝음을 좇는 일천.

어둠을 기다리는 월천.

이중 지천인 지장보살과 염마천인 염라대왕은 저승에 있어 사실상 열 명밖에 안 되었지만, 천군에 있어 악몽으로 군림하기엔 충분했다.

한데, 그런 이들이 이 땅에 강림한 것이다.

오롯이 제 힘을 갖고서.

절지천통을 뚫고, 바로 이 자리에.

휘휘휘휘휘휘휘—!

호세천불들을 따라 어마어마한 양의 기풍이 태풍처럼 휘몰아친다.

특히 지호의 눈에는 세상이 엿가락처럼 이리저리 휘는 것처럼 보였다.

호세천부 천불들의 영혼은 오대명왕마저도 아래로 보는 바.

당연히 그들이 가진 영압(靈壓)은 하계를 짓누르기에 충분하다.

　나후가 나타났을 때에도 하계가 받았던 충격은 엄청났는데, 그보다 더 대단한 존재들이 넷이나 있으니 당연히 하계는 어마어마한 크기의 거함(巨艦)을 수십 척이나 등진 교량처럼 아슬아슬하게 버티는 게 고작이었다.

　아주 조금씩이지만, 삼라만상이 뒤틀리고 있다.

　지호는 마치 그것이 녀석들이 자신에게 시위를 하는 것처럼 보였다.

　우리들이 이리 나타났으니 이제 어찌할 것이냐? 이곳은 네가 그리도 사랑하는 세상. 세상이 허망하게 망가지는 걸 계속 지켜볼 것이냐?

　모든 신과 부처의 간섭으로부터 하계를 보호하고자 하는 지호로서는 절대 두고 볼 수 없는 일.

　하지만 지호는 무작정 놈들에게 달려들지 않았다.

　아직 모든 호세천불이 나타난 게 아니었으니.

　화천의 뒤편에서 자꾸만 무언가가 그의 뇌리를 콕콕 찔러 댔다.

　뚜벅. 뚜벅.

　때마침 누군가가 천천히 걸어온다. 신기하게도 하늘에

닿을 것처럼 높게 일렁이던 화마가 좌우로 갈라지면서 길을 냈다.

순박하게 생긴 얼굴이지만, 왠지 모르게 보는 이로 하여금 저절로 위축감이 들게 만든다. 특히나 두 눈에 맺힌 금색 광망이 보석처럼 아름답게 반짝여 눈에 띈다.

진실을 꿰뚫는다는 눈, 화안금정.

녀석과 지호의 눈이 마주치는 순간, 화안금정과 화안금정이 서로의 영혼을 탐식하기 위해 충돌했다.

　

　—제석천. 호세천부의 12부처 중 동방을 주관하며 악과 마가 닿는 곳에는 벼락을 뿌린다는 자. 세상의 모든 어둠을 물리치며 범천과 함께 사실상 호세천부를 상징하는 수장이다.

　

지호의 한쪽 입술 끝이 크게 비틀렸다.

"드디어 나타나셨나?"

이 모든 혼란을 야기한 원흉이자, 호세천부의 수장. 제석천이 화사하게 웃었다.

"이렇게 만나게 되어 참으로 애석한 일이야. 부처 대 부처로서, 그대가 투전승불이자 비로자나로서 만나길 기대했었는데 말이지."

"할 줄 아는 거라고는 보이지 않는 곳에 쥐새끼처럼 숨어서 날뛰는 게 고작이면서. 잘난 척은."

지호는 비웃음을 던졌다.

제석천의 눈가가 살짝 슬픈 기색을 띤다.

"그건 참 미안하게 되었어. 하지만 어쩌겠는가. 우리에게 있어 자네는 이제 마(魔). 한때 여래를 유혹한 마라와도 같은 존재인 것을. 그런 존재를 퇴치하고 세상에 제대로 된 밝음을 가져와야 하지 않겠나?"

지호에게서 빛의 신위를 빼앗겠다는 선전포고를 당당하게 한다.

지호는 헛웃음이 저절로 나왔다.

자기들 뜻대로 따르지 않는다고 해서 마도로 치부하질 않나, 죄 없는 사람들을 괴롭히질 않나.

특히 지금도 보인다.

여태 혹세무민을 일삼던 황궁에 날벼락이 떨어지자, 신인이 돌아오셨다며 황궁으로 모여드는 수많은 인파들이.

"신인께서 돌아오셨다! 신인께서 돌아오셨어!"

"저곳에 계신다! 우리들의 바람을 들으시고……!

악인들을 징벌하러 오셨어!"

"아아, 신인이시여!"

"우리들을 굽어살피시옵소서!"

"뭣들 하는가! 어서 신인을 영접하러 가지 않고!"

"거짓된 사제들은 물러나라! 물러나라!"

"이이이익! 버러지 같은 것들아! 네놈들 때문에
내 아들이 죽었단 말이다! 돌려내! 돌려내라고!"

"황제가 저기 있다! 쫓아! 쫓아라!"

그들은 하나같이 눈물을 흘리며, 소리를 지르고, 악인들
을 내쫓으라 한다.

모두 가슴에 한을 품었던 이들.

지호는 보고 있는 내내 가슴이 찢길 것만 같은데…… 이
자들은 아무렇지 않아 보인다.

아무런 생각도 안 드는 걸까?

정말?

자비를 노래한다는 부처가?

그런데도 녀석들은 이리 당당하기만 하다.

좋다.

너희들이 말하는 마(魔)가 이런 것이라면.

"그럼 되지 뭐. 마신."

그 말과 함께,

콰아아아아아아아아앙!

지호는 천불들에게로 몸을 날렸다.

지호가 가장 먼저 맞닥뜨린 자는 제석천이었다.

'머리부터!'

양손을 모아 앞으로 터뜨린다.

손바닥 앞으로 샛노란 뇌전이 자글자글한 톱니 같은 이빨을 잔뜩 드러냈다.

뇌벽세!

콰르르르르르르르릉!

제석천은 감히 자신 앞에서 벼락을 뿌리는 지호를 보며 가볍게 코웃음을 흘리고는 오른손을 뻗었다. 역시나 어마어마한 양의 뇌전이 터졌다.

뇌전과 뇌전, 강렬한 두 충격파가 부딪치면서 사방으로 뇌기가 퍼져 나간다.

지반이 그대로 무너지고, 그나마 남아 있던 황궁의 잔해도 마저 박살이 난다.

먼지가 잔뜩 올라오며 뿌연 먼지구름이 떴지만, 그 사이로 샛노란 섬광이 번뜩이면서 단숨에 먼지를 흩뜨려 버린다.

쿠우우우우우우우!

어마어마한 기풍이 휘몰아치는 중심에 지호와 제석천은 똑같이 화안금정을 번뜩이며, 서로의 손을 깍지 낀 채 힘으로 상대를 밀어붙이고 있었다.

지진이 일어난다.

세상이 흔들린다.

그들이 디딘 땅을 따라 일어난 균열은 어마어마한 넓이를 자랑하는 자홍성 전체로 퍼져 나가는 것으로도 모자라, 인근 마을에까지 미친다.

지반을 잃은 건물들이 일제히 우르르 함몰된다.

파직, 파지지지지직!

그런데도 그들을 따라 퍼지는 뇌기의 잔해는 어느 누구의 접근도 허락지 않는다.

어마어마한 힘의 격돌.

지호는 제석천을 있는 힘껏 노려봤다. 자신이 그러하듯, 제석천이 지닌 화안금정은 요요하게 빛을 내며 상대의 영혼을 강제로 해체시키려 한다.

지호 역시 마찬가지.

보이지는 않지만, 이미 두 화안금정 사이로 수없이 많은 격돌이 오고 간다.

진실을 꿰뚫고, 그 너머에 있는 것을 보는 눈. 당연히 그 속에는 수많은 연산 끝에 여러 가지 결과를 도출하고, 가장 효율적인 쪽으로 주인을 안내한다.

한데, 양자 컴퓨터와 같은 기능을 하는 두 눈이 서로 충돌을 한다면?

서로가 서로를 탐하듯이, 분석에 분석을 거듭하려 하기에 헤아릴 수도 없을 만큼 많은 가능성이 도출될 수밖에 없다.

지호와 제석천은 뇌리로 쏟아지는 수많은 정보의 물결 속에서 가장 옳다 싶은 것을 무작위로 골랐다.

연산에서 가능성 도출, 그리고 선택까지는 그야말로 찰나(刹那).

하지만 그것은 동시(同時)이기도 했다.

휘리리리리릭!

둘은 서로를 밀쳐 내면서 몸을 크게 돌아 또 다른 공세를 가한다.

어느새 제석천은 짧은 크기의 금강저를 들고서, 지호는 여의봉을 쥐고서.

콰아아아아아아아앙!

역시나 강한 폭발이 일어나며 한 치도 밀리지 않는 접전이 벌어지다.

쾅, 쾅, 쾅, 콰아앙!

서로를 향해 쉴 새 없이 무기를 휘둘러 댔다.

지호는 여의봉으로 제석천의 하체를 쓸어 갔다. 현란한 봉술은 태풍을 머금은 것처럼 쉴 새 없이 쏟아지며 제석천을 괴롭히려 한다.

하지만 그럴 때마다 제석천은 여의봉을 쳐 내는 것과 동시에 왼손을 뻗어 간간이 반격까지 가했다.

똑같은 자세, 똑같은 동작, 똑같은 모습으로.

차차차차차차차차창!

둘은 생김새도 들고 있는 무기도 달랐지만, 이상하게 싸우는 모습이 거울을 갖다 댄 것처럼 너무나 흡사했다.

거기다 위력까지 너무 똑같아 서로 한 치도 밀려나지 않는다.

화안금정이 도출한 결과가 너무 똑같은 탓이었다.

콰르르르르르르르!

지호는 이대로는 안 된다고 여겼는지, 도중에 전술을 바꿨다.

'당장 쓰러뜨릴 수 없다면 다른 놈들부터!'

합공을 당하게 되면 불리해질 수밖에 없으니.

타닥!

땅을 박차 몸을 크게 뒤로 물려 제석천에게서 떨어진다.

"어딜 가시는가!"

제석천은 지호의 노림수를 읽고 바짝 간격을 좁혔다. 그러자 지호가 바로 뭔가를 세게 던졌다.

채앵!

제석천은 본능적으로 금강저를 이용해 위로 쳐 내고, 그것이 무엇인지 확인하기 위해 고개를 들었다가 화들짝 놀랐다.

'여의봉?'

제천대성이 가장 아끼는 보패를 아무렇게나 던진다고?

제석천은 그제야 지호의 노림수를 읽을 수 있었다.

"설마 청룡……?"

아니나 다를까.

화아아아아악!

순간 여의봉이 빛무리에 휩싸이더니 수백수천 배의 크기로 잔뜩 불어나 거대한 몸집을 드러냈다. 밤하늘을 닮은 영롱한 칠흑빛 비늘을 맘껏 뽐낸 채, 아가리를 쩍 벌려 제석천을 씹어 삼키려 했다.

콰아아아아앙!

"크으으윽……!"

제석천은 청룡이 입을 더 크게 벌릴 수 없게 양손으로 위아래 턱을 가까스로 잡아 억지로 버텼다.

하지만 청룡은 당대 존재하는 최강룡이라는 수식어에 부족하지 않게 무지막지한 힘을 자랑했다.

크오오오오오오오!

거칠게 포효를 하면서 크게 용틀임한다.

─우리 지호 괴롭히면 맴매할 거야!

제석천의 팔뚝에 힘이 들어가며 핏줄이 잔뜩 올라왔다. 두 눈이 충혈되며 화안금정이 붉은빛으로 물들었지만, 청룡의 힘을 모두 버텨 내지 못하고 수천 미터나 잔뜩 밀려났다.

그러다 청룡이 꼬리로 대지를 세게 후려치면서 하늘로 끌어 올리자, 제석천도 똑같이 허공으로 튕겨 났다.

상공 어딘가에서, 제석천은 가까스로 균형을 잡으면서 지호를 찾아 재빨리 화안금정을 움직였다.

지호는 청룡이 제석천의 발목을 잡는 사이에 다른 천불들을 각개격파 할 생각이었다. 그것을 막기 위해서라도 지호를 찾아야 했지만,

크아아아아아앙!

뒤따라온 청룡이 다시 아가리를 벌리면서 거친 불길이 뒤섞인 숨결을 토해 냈다.

결국 제석천은 지상에서 시선을 거두어 청룡에게 집중해야 했다.

콰아아아아앙!

금강저에서 터진 빛무리가 숨결을 옆으로 흘리며, 제석천은 잔뜩 얼굴을 일그러뜨렸다. 그러다 무슨 생각이 들었는지 안색을 푼다.

"그러고 보니 여의봉은 본디 신진철이라, 그 속에 수보리도 있지 않던가……?"

그러더니 금강저를 아래로 겨눈다.

"그래. 용은 본디 불법을 수호하는 성스러운 신령. 이것도 인연이라면 인연일 터…… 오늘 이 자리에서 너를 마구니의 늪에서 구제해 주마."

제석천은 지옥불만큼이나 새빨갛게 보이는 청룡의 두 눈을 응시하면서 몸을 날렸다.

쐐애애애애애액!

*   *   *

'성아, 부탁해.'

지호는 자신이 청룡에게 어려운 부탁을 했다는 사실을 알았다.

청룡이 제아무리 강해졌다고 해도 아직 응룡의 업을 모두 수습하지 못한 상태에서 제석천을 홀로 감당하기란 힘들다.

더군다나 녀석에게는 수보리와 명왕들도 봉신되어 있지 않던가.

하지만 그렇기에 제석천의 발목을 잡아 둘 수 있었다.

그리고,

'그 시간 동안 다른 놈들을 처치할 수 있어.'

쐐애애애애애애액!

지호는 황금색 빛줄기가 되어 가장 근처에 있던 나찰천에게로 달려들었다.

동시에 단전에서부터 뇌기를 잔뜩 끌어 올렸다.

파직, 파지지지지직!

샛노란 뇌전이 장심(掌心)으로 한껏 응축되다가, 이내 나찰천에게로 작렬한다.

뇌벽세!

콰콰콰콰콰콰콰콰!

수천 개의 벼락이 응축된 뇌기가 삽시간에 세상을 샛노랗게 물들이며 달려오자, 나찰천은 마치 그럴 줄 알았다는 듯 가볍게 코웃음을 치면서 손을 앞으로 뻗었다.

"흥!"

나찰천은 수많은 악귀와 요괴들을 다스리는 왕.

하계에 강림하면서 같이 데려왔던 악귀를 풀어 놨다.

끼아아아아아아!

시커먼 괴물들이 공간을 비집고 잔뜩 나타난다.

그 숫자만 해도 물경 수백만.

지호가 여태 봤던 망량 따위와는 비교도 할 수 없을 만큼 거친 마기와 귀기를 자랑하는 녀석들이 잔뜩 쏟아지면서 뇌전을 잡아먹기 위해 아가리를 벌린다. 마치 턱이나 관절 따위는 존재하지 않는 듯, 수백만 개의 작은 무저갱이 나타났다.

본디 뇌전은 축귀와 벽사에 효능이 있다고 알려져 있지 않던가. 하지만 녀석들은 전혀 그런 걸 신경 쓰지 않고 뇌전을 게걸스럽게 먹어 치웠다.

하지만 법칙을 완전히 벗어날 수는 없는 노릇인지 반절 가까운 악귀들이 터져 나갔다. 머리통이 부서진 자리에는 검은 진액이 뚝뚝 떨어졌다. 놈들이 내뱉는 절규와 탄내로 사방이 진동을 해 댔다.

그런데도 지호는 공세를 멈추지 않고 뇌벽세를 더 깊게 밀어 넣어 악귀들을 모조리 찢어 놓았다.

꺄아아아아아아아!

마치 새카만 장막을 좌우로 찢은 듯이, 악귀들이 모두 부서지며 지호와 나찰천이 오롯이 모습을 드러냈다.

숨만 쉬어도 바로 느껴질 정도로 가까운 곳에서.

휘리리리리릭!

지호와 나찰천은 서로 다른 방식으로 공세를 시도했다.

지호는 다시 한 번 왼손에 뇌벽세를 잔뜩 끌어모은 채로. 나찰천은 악귀를 몸에 둘러 지호의 목을 치려는 채로.

하지만 두 사람의 격돌은 이뤄지지 않았다.

그 순간, 찌릿, 하고 지호의 예지안에 따라 뭔가가 잡힌 것이다.

바로 뒤에서 뭔가가 느껴졌다.

"죽어라."

"제천대성!"

좌측에는 수천이, 우측에는 풍천이 공간을 열고 나타나 공격을 시도한 것이다!

특히나 수천의 손에는 물을 단단히 압축시켜 날을 잔뜩 벼린 수압인(水壓刃)이 들려 있어 당장이라도 지호의 목을 자를 듯했고, 풍천의 양 주먹에는 태풍이 와류를 그리고 있어서 당장에라도 폭발해 그를 단박에 휩쓸어 버릴 것 같았다.

앞에는 나찰천, 좌우에는 수천과 풍천이 있어 퇴로를 막아 버린다.

유일하게 빠져나갈 방법인 허공에는 화천이 전신에 불길을 두른 채로 대기하고 있었다.

언제든지 오라는 식으로.

얼마든지 받아 주겠다는 의지를 풍기면서!

그야말로 진퇴양난.

빠져나갈 구석 따윈 없었다.

하지만 그 찰나의 순간에도 화안금정은 재빠르게 상황을 판단해 여러 가지 가능성을 도출하고, 지호에게 한 가지 결과를 내놨다.

지호는 거기에 맞춰 발로 지면을 세게 그었다.

좌아아아악!

거센 마찰열이 일어나면서 새하얀 연기가 자욱하게 퍼져 지호와 네 천불 사이를 가린다.

지호는 그 연기 사이로 뇌벽세를 놓으면서 자연 발화를 시도했다. 뇌기는 단숨에 연기를 잔뜩 빨아들이면서 거센 폭풍우가 되었다.

콰르르르르르르르릉!

바로 앞에서 터진 까닭에 나찰천은 고스란히 충격파를 뒤집어쓰면서 한참이나 튕겨 났다. 그가 입고 있던 옷은 모조리 찢겨져 피투성이가 되고 말았다.

하지만 비교적 피해가 덜한 수천과 풍천은 코웃음을 치면서 충격파를 되레 잘라 버리고는 지호가 있던 자리까지 단번에 쓸어버렸다.

콰콰콰콰콰콰콰콰콰—!

거친 먼지 기둥이 치솟는다.

지호도 수압인과 태풍에 의해 갈가리 찢겨 나갔다. 아니, 그랬다고 생각했다.

"감촉이…… 없어?"

풍천의 혼잣말과 함께,

휘휘휘휘휘휘!

갑자기 지호의 신형이 흐릿하게 사라졌다.

환영이었다.

"……없다?"

"어디로 갔…… 설마?"

수천이 놀란다. 풍천이 뒤늦게 뒤를 돌아본 순간,

"어딜 봐?"

"……!"

"……!"

바로 뒤편에서 지호가 차갑게 웃으며 놈들의 등골을 향
해 쌍장을 내질렀다.

"휘몰아쳐라."

손끝에서 불 폭풍이 일어났다.

콰르르르르르르르릉!

"큽!"

"꺄아아아아아악!"

풍천은 등골이 완전 박살이 나 피투성이가 된 몰골로 바닥을 굴렀다.

수천은 잽싸게 물의 장막을 둘러 비교적 피해를 덜 입었지만, 역시나 완전히 피할 수는 없어 왼팔이 통째로 뜯겨 나가고 말았다. 균형을 잃고 휘청거린다.

지호는 그 틈을 타, 몸을 팽이처럼 돌리며 정강이로 수천의 목을 노렸다.

풍압을 잔뜩 실은 돌려차기는, 마치 잘 벼린 칼날 같았다.

찰나의 순간, 수천은 멍하니 목을 쓸어 오는 정강이를 봐야 했다.

이대로 시간이 끝나면 그녀의 머리통은 날아가리라.

그럼 어떻게 되지?

죽는 건가?

'죽어? 죽는다고? 내가?'

아니, 죽지는 않겠지.

자신은 부처의 몸. 신과 다르지 않으니 그리 쉽게 죽지는 않을 테니.

다만, 영혼이 잘게 부서지거나,

'봉신되거나.'

거기까지 생각이 미치자, 수천은 정신이 번쩍 들었다.

'안 돼. 지금은 아니야! 지금은 아니란 말이야!'

자신이 부처가 되었던 이유가 무엇이던가.

아수라의 몸을 버렸던 까닭이 무엇이던가?

여기서 멍청하게 당할 수는 없었다.

거기에 생각이 미치는 순간,

파아아아아아아아!

별안간 수천의 머리가 위로 솟아오르면서 새하얗게 물든다 싶더니, 마기가 폭풍처럼 휘몰아쳤다.

부처에게 절대 어울리지 않을 마기가.

그리고 마기 사이로 북극의 한파를 옮겨 놓은 듯한 눈보라가 휘몰아치고, 서리가 내려앉으면서, 지각이 단단하게 꽁꽁 얼어붙었다.

쩌거거거거거걱!

얼음 가시가 지면을 뚫고 고슴도치처럼 삐죽삐죽 올라와 지호를 덮쳤다.

절대영도.

수천이 자랑한다는 최고의 힘!

콰아아아아아아앙!

지호는 도중에 방향을 꺾어 얼음 가시를 발로 걷어차면서 자세를 바로잡았다. 마기에 대응하기 위해 화안금정이 다른 어느 때보다 밝게 빛났다.

'마기라고?'

지호는 살이 에일 듯한 냉기와 뼛속을 시큰거리게 만드는 마기를 동시에 줄줄 흘려 대는 수천을 보면서 눈을 가느다랗게 좁혔다.

살갗이 마치 눈으로 빚은 것처럼 새하얗다. 새파란 핏줄이 금방이라도 튀어나올 듯이 선명하다.

마치 전설에 나올 법한 설산의 설녀가 이러할까.

이런 기운은 지호에게도 익숙했다.

'아수라.'

천계에서 맞닥뜨렸던 나후며 비마질다라 등 아수라왕들이 이렇지 않았던가.

'그러고 보니 원래 아수라였다고 했었지?'

지호는 그녀에게서 읽어 들였던 정보를 떠올렸다.

원래 아수라였으나 불가의 귀의한 몸.

하지만 위기에 내몰리자 숨겨 뒀던 아수라로서의 마성이 드러난 듯하다.

물론 그런다고 해서 달라지는 것은 전혀 없었다.

조금 번거로워진 것일 뿐.

쐐애애애애애애액!

빛줄기가 되어 단숨에 그녀에게로 치닫는다.

"제천대서어어어어엉! 감히! 감히이이이이이!"

그녀는 흉신악살처럼 잔뜩 일그러진 얼굴을 하고서 분노를 토했다. 한때 거라건타와 함께 왕의 자리를 다툰 적도 있던 그녀였기에 가진 바 힘은 대단했다.

하나 남은 팔을 거세게 휘두른다.

촤촤촤촤촤촤!

빙판이 더 두텁게 얼면서 이전보다 더 단단하고 뾰족한 얼음 가시가 창처럼 모습을 드러낸다.

그럴 때마다 지호는 화염륜을 터뜨리면서 얼음 가시를 모두 분쇄, 단번에 빙판 위를 미끄러졌다. 그가 지난 자리에는 얼음이 잔뜩 녹아 물이 흘렀다.

그리고 수천과 직면, 진각을 세게 밟아 몸을 단단히 고정시켰다.

쿠우우우우웅!

직각으로 발자국이 찍힌 자리를 따라 수십 킬로미터에 걸쳐져 쩌거걱 균열이 잔뜩 퍼져 나간다. 그토록 단단했던 빙판이 삽시간에 갈라져 아무렇게나 널브러진다.

동시에 몸을 뒤틀며 날리는 금강포.

콰아아아아아아아아앙!

이대로 세상이 떠밀리는 것은 아닐까 싶을 정도로 어마어마한 충격파가 공간을 박살 낸다. 정권에서 뻗쳐 나온 후폭풍은 단숨에 수천을 따라 감돌던 한파며 서리들을 모조리 날려 버렸다.

수천은 몸을 옆으로 틀어 가까스로 공격권에서 벗어날 수 있었지만, 지호는 놓치지 않겠다는 듯 바짝 따라붙으면서 연거푸 금강포를 날려 댔다.

그럴 때마다 수천을 구성하고 있던 단단한 얼음이 쪼개지면서 얼음 조각과 가루가 떨어져 나갔다.

수천은 어떻게든 지호를 떨쳐 버리려 마기를 실어 공세를 펼쳤다.

하지만 지호는 생채기 하나 남기지 않더니,

콰콰콰콰콰콰콰!

도리어 폭풍처럼 휘몰아치면서 그나마 남아 있던 절대영도 그 자체를 으깨 버렸다.

콰아아아아아아아앙!

수천은 마치 실 끊어진 연처럼 단번에 튕겨 났다.

이미 그녀를 구성하고 있던 얼음 요소들은 다 떨어져 나가, 두 다리는 거의 망가지다시피 하고 상체도 태반이 날아간 뒤였다.

'어째서!'

그래도 수천은 지지 않겠다는 듯 이를 악물고 가까스로 균형을 잡았다.

남아 있던 법력을 모조리 마기로 치환한다.

아수라로서의 면모를 드러낼수록 여태 쌓은 공업도 빠른 속도로 소진되고 있었지만, 그녀에게는 그런 걸 신경 쓸 겨를이 전혀 없었다.

당장 지호를 찍어 눌러야겠다는 생각밖에는!

'어째서······!'

역시나 형체만 겨우 남은 손을 뻗는다. 머리카락이 산발이 되어 흔들리다, 마기가 방출되면서 거센 눈보라가 다시 한 번 휘몰아쳤다.

눈발은 하나하나가 가시가 촘촘히 달린 흉기가 되었고, 한파는 예지안마저도 새하얗게 덮일 만큼 거세게 불어닥쳤다.

이를 두고 지호는,

쿠우우우우우웅!

다시 한 번 진각을 밟았다.

그 순간, 절대영도가 지호를 덮었다.

수천은 확신했다.

저 뿌연 눈보라 안에서 지호는 단단히 얼어붙어 버렸을 것이라고!

하지만,

"어······ 째서······?"

그녀의 두 눈이 부릅떠진다. 도저히 믿을 수 없다는 듯이.

눈보라가 그를 둘러싼 공간만 피해 가고 있었다.

지호는 더 세게 진각을 밟았다.

콰콰콰콰콰콰콰!

이번에는 지호 앞으로 균열이 잔뜩 벌어지더니 땅거죽이 크게 뒤집혔다. 단단하게 얼어붙었던 빙판이 쉽게 갈라지면서 지반과 함께 통째로 일어나 이번에는 역으로 수천을 덮쳤다.

수천은 다급한 마음에 절대영도를 다시 일으켰다.

해일처럼 크게 일어났던 땅거죽이 단번에 얼어붙으면서 겨우 멈춘다.

하지만,

콰아아아아아아앙!

이마저도 유리 조각처럼 깨지면서 지호가 나타났다.

"어째서어어어어어어…… 흡!"

수천이 믿을 수 없다는 투로 비명을 질렀지만 목소리는 길게 이어지지 못했다. 지호가 내뻗은 손이 그녀의 안면을 틀어쥐었다.

"시끄러워 죽겠네."

지호는 짜증을 내면서 그대로 손에 힘을 실었다.

퍼어어억!

수천의 머리통이 반쯤 부서지다시피 하며 그대로 허물어

졌다.

쿵!

풍천에 이어 수천까지 쓰러졌다.

지호는 뒤를 돌아보며 차갑게 중얼거렸다.

"다음."

＊　　　＊　　　＊

파바바밧!

암로를 따라 달리는 길.

어린 황제를 등에 업은 내관의 발은 거의 땅에 닿지 않았다.

일위도강.

발걸음 한 번으로 강을 건넜다는 달마의 일화에서 따온 경공술은, 이미 내관이 선인 급에 달하는 고수이며 상당한 법력을 소유하고 있음을 말해 줬다.

"그 경은…… 괜찮을 것 같소?"

내관은 어린 황제가 갑자기 내뱉은 말에 의아함을 드러내다가 곧 누구를 말하는지 깨닫고 고개를 끄덕였다.

"걱정 마시옵소서, 폐하. 풍천 경은 다른 어느 누구보다도 깨달음이 깊으신 분이옵니다. 법력만 따진다면 국사께서도 한 수 물려야 할 정도라 하지 않으셨사옵니까?"

"그런 분들이 어디서 갑자기 이리들 나타나셨는지 알 수가 없구려. 풍천이라, 풍천! 참으로 신기하지 않소? 국사의 법명도 화천이라 들었거늘. 전부 호세천부의 십이천불의 이름이지 않소?"

내관은 소리 없이 웃었다.

과연 이 어린 황제가 아무렇게나 내뱉은 말이 사실이라는 걸 알게 되면 어떤 표정을 지을까?

대대로 불자(佛子) 집안이었던 내관으로서는 이렇게 명교의 교주로서 신심이 깊어야 할 황제가 서서히 불심이 깊어진다는 사실이 흡족했다.

때문에 정국이 혼란해지고 세상이 혼탁해졌다지만, 그것은 어디까지나 세상이 정화되기 전에 아주 잠깐 겪는 격통일 뿐.

'혜가께서 우리와 뜻을 함께 해 주지 않으신다는 게 안타깝긴 하지만……!'

내관은 언뜻 저 지하 깊숙한 곳에 갇혀 있을 혜가를 떠올렸다가 고개를 털었다.

이미 지나간 것에 미련을 두면 무엇할까.

어쩌면 지금의 이 혼란으로 인해 죽었을지도 모르는 사람인데.

'그나저나 정말 신인이 나타났다는 것은…… 일이 뜻대로 풀리지 않는다는 뜻일 터.'

내관의 두 눈이 깊게 착 가라앉았다.

하늘에서부터 나타난 자를 두고 마귀라고 칭했다지만, 그는 알 수 있었다.

그는 정말 신인이었다.

백 년 전, 이 세상에 닥친 환란을 종식시킨 신인.

당시 먼발치에서라도 본 적이 있었기에 알고 있었다.

차라리 잘되었다 싶기도 했다.

신인이 더 날뛰면 날뛸수록, 마귀라 손가락질하며 명교에게서 민심을 이반시킬 명분도 더 커질 테니까.

'일단은 이곳부터 벗어나야겠지.'

아무리 혼란이 닥쳐도 어린 황제만 손에 쥐고 있다면 명분은 자신들에게 있을 테니 반드시 지켜야 했다.

다행히 암로는 거의 끝을 보아 가고 있었다.

"황궁이…… 저리 무너지는구려."

어린 황제는 균열이 간 지반 너머로 보이는 자홍성을 보며 안타까운 목소리를 냈다.

"애석하게 여기지 마시옵소서. 폐하께서 계시는 곳이 곧 황궁이옵고, 폐하께서 디디는 곳이 천자의 쉼터이옵니다. 자홍성은 한낱 거처일 뿐, 얼마든지 아랫것들을 부려 다시 세우면 그만이옵니다. 그러니 지금은 오로지 옥체를 보존하는 것만 신경 쓰시옵소서."

"알았…… 소."

어린 황제는 제 딴에 의젓한 척 고개를 끄덕였지만, 그래도 안타까워하는 기색은 숨기지 못했다.

열두 살 난 아이에게 있어 집이 무너지는 건 하늘이 무너지는 것과 같은 것이겠지.

내관은 어린 황제의 속내를 모르는 척하다, 이내 암로의 끄트머리에 다다랐다.

"이제 도착하였사옵니다, 폐하!"

어린 황제도 동그랗게 뜬 눈으로 그쪽을 본다.

그때 별안간 먼저 척후로 나섰던 금의위 무사가 다급히 돌아왔다.

"크, 큰일입니다!"

내관이 처음으로 경공을 멈췄다.

"왜 그러느냐?"

"앞에 백성들이 몰려 있습니다!"

"뭣이?"

"아무래도 자홍성에 벌어진 일을 듣고 마종의 신도들이 지난 울분을……!"

금의위 무사는 말을 하다 말고 차디찬 내관의 눈빛을 받고 다급히 입을 다물었다.

어린 황제가 내관의 어깨 위로 조막만 한 얼굴을 내민 채 이쪽을 보고 있었다.

내관, 제독태감 이영이 어린 황제의 눈과 귀를 가리고 있다는 건 황궁 내 사람이라면 누구나 다 아는 사실.

"소, 송구하옵니다!"

금의위 무사는 재빨리 한쪽 무릎을 꿇으며 고개를 조아렸다.

태감이 묵직한 어조로 입을 열었다.

어린 황제를 대할 때와는 다른, 만인을 짓누르는 위엄이 물씬 풍긴다.

"하면 반란 도당들이 자홍성 주변을 둘러쳤다, 이 말이렷다? 어찌 놈들이 이 출구를 알 수 있단 말이더냐!"

"어디선가 정보가 새어 나간 듯합니다."

"이 못난 것들. 고작 그것도 어쩌지 못해!"

금의위 무사는 고개를 푹 숙였다.

"금의위의 병력이 고작 그 정도도 해체하지 못할 만큼 허약하던가?"

"대부분이 혼란을 틈타 도망을 쳤고 또한 저들의 숫자가 너무 많⋯⋯!"

"베어라."

금의위 무사는 천자의 용안을 함부로 마주치면 안 된다는 법도를 알면서도 자기도 모르게 놀란 눈으로 고개를 들었다.

"허나, 그곳에는 일반 양민들이 대부분……!"

"베어라."

"……!"

"몇 번을 말해야 하는가? 베어라. 어차피 놈들은 삿된 마귀에 홀린 놈들이 아닌가!"

금의위 무사는 더 이상 말이 통하지 않는다는 사실을 깨닫고 고개를 숙여야 했다.

"분부…… 받잡겠습니다."

*　　　*　　　*

"신인께서 돌아오셨다! 신인께서 돌아오셔서 우리를 굽어살피신다!"

어디선가 울려 퍼진 한 마디는, 황도 전체에 퍼졌다.

"뭐? 그게 무슨 소리야? 신인이라니?"

"되도 않는 소리 하기는. 그리고 신인께서 돌아오시면 뭐? 너희들을 살피시기라도 할 것 같아? 한낱 마자 주제에! 신인께서도 아마 너희들을 보면 증오하실 거다!"

마자(魔子).

언제부터였을까, 이 단어가 생긴 것은.

명교가 대륙의 국교가 된 이래, 수많은 신도들이 태어나고 사제들이 만들어졌다.

그리고 사제들은 경전을 해석하는 방식에 따라, 신인의 말씀을 따르는 방식에 따라, 혹은 다른 종교의 방식을 융합시키느냐에 따라 여러 이견을 내놓고, 여러 파벌을 형성했다.

그 덕분에 명교 내에는 수십 수백 개의 종파가 만들어졌다.

이는 황궁에서 장려한 정책이기도 했다.

자칫 국교가 기득권층의 위치에서 부패할 수도 있기 때문에, 수많은 여러 의견이 논의되어야만 자정 작용이 된다는 신녀의 유훈이 있었기 때문이었다.

하늘의 아들이라는 천자의 정통성만 인정한다면, 황제가 명교의 교주라는 점만 거부하지 않는다면 어떤 종교든지 인정될 수 있었다.

하지만 여러 장치들이 고안된다고 한들, 정작 이를 유지하는 운영 체계가 제대로 작동하지 않는다면 먹통이 될 수밖에 없는 일.

십여 년 전, 젊은 황제가 갑자기 서거하고, 그의 두 살

난 어린 황제가 옹립되었다.

황제의 어미, 황태후는 수렴청정을 한다는 명분 아래에 자신의 가문을 대거 등용시켰다.

외척은 평화로웠던 나라의 살림을 단번에 파탄 냈다.

간언하는 충신들을 누명 씌워 숙청하고, 간신들을 뽑아 조정에 세웠다. 간신들은 중용되기 위해 사용한 뇌물을 충당하기 위해, 아니, 그 이상을 보기 위해 아랫사람들을 쥐어짰고, 고리대금을 내놓아 양민들을 노비로 만들었으며, 대규모 영지를 건설해 착취를 일삼았다.

또한, 정체 모를 승려를 국사로 초빙해 그에게 대부분의 의사 결정권을 줘 버리니, 세상은 유랑걸식을 일삼는 백성들이 많아지는 반면에 자홍성은 언제나 웃음과 먹을 것과 보화가 넘쳐 나는 곳이 되었다.

어린 황제는 언제나 좋은 것들만을 보고 자랐기에 세상이 태평성대인 줄로만 알 뿐, 외척과 불가의 손아귀에서 벗어날 수가 없었다.

나라 곳곳에서 민란이 일어났다. 하지만 그들은 단번에 제압되었다. 항의를 하는 자가 있었으나, 배교도 취급을 받아 목이 내걸렸다.

결국 사람들은 굶주린 배를 쥐어짠 채, 고통을 호소했다. 다시 신인이 나타나 이러한 난세를 종식시켜 주기를 갈망

했다.

그러다 갑자기 어느 종파가 나타나 백성들 사이에 급속
도로 퍼졌다.

광명종.

어디서 시작되었는지는 모른다.

다만, 그들이 내뱉는 교칙(敎則)이 인상적이었다.

신인 아래, 만인이 평등하다.

어찌 보면 별것 없는 듯한 교칙이었다.

실제로 명교에서도 신인만이 지고한 존재일 뿐, 모든 인
간은 대등했다.

다만, 신인에서부터 신녀로, 신녀에서부터 천자로 이어
진 정통성과 천자가 임명한 사제며 관료들이 백성들을 다
스린다는 체계를 가지고 있을 뿐이었다.

하지만 광명종은 이 모든 것을 거부했다.

신인 아래 모든 이들이 대등한 존재이니, 천자의 권위도
저절로 부정되는 것이다.

당연히 이러한 급진적인 교칙은, 기존 사대부들이며 사
제와 같은 기득권층의 눈에 삿된 것으로 비칠 수밖에 없었
다.

수없이 많은 탄압이 가해졌다.

명교 내 여러 종파들이 광명종을 가리켜 '마종'이라 부르며 손가락질을 했다. '마자'는 광명종을 신봉하는 신도들을 비하하는 단어였다.

하지만 그럴 때마다 광명종은 진압되기는커녕 어둠 속으로 더 깊게 숨었다. 또한, 더 큰 들불처럼 백성들 사이로 전파되었다.

결국 이를 보다 못한 황궁은 병력을 동원해 광명종의 본산지라는 강서성 자체를 쑥대밭으로 만들었다.

광기 어린 권력자들이 일성(一省)을 세상에서 지워 버리는 과오를 범한 것이다.

그럼에도 광명종은 사그라지지 않았다.

또한, 기다렸다.

다시 세상이 혼란에 젖는 날, 내가 이 땅에 돌아와 부정한 것을 불사르고 너희들을 구제하리라.

예언서라며 신녀가 남긴 신인의 말씀이 일어날 기회를.

그리고 현실로 이뤄졌다.

자홍성 위로 벼락이 떨어지며 건청궁이 무너졌다. 화마가 일어나 모든 황궁을 불사르고 잿더미로 만들었다.

사람들이 일어났다.

마자라 치부되던 사람들은 울분을 터뜨리며 거리로 쏟아졌다. 신분을 숨겼던 사람들은 집에 숨겨 뒀던 깃발을 꺼냈다. 탄압으로 인해 가족을 잃었던 사람들이 거리 행진에 동참했다.

거리를 따라 움직이는 사람들은 한 목소리로 외쳤다.

"삿된 것은 물러가라!"

"신인의 가르침을 곡해하는 자들은 물러가라!"

"우리들에게 땅을!"

"우리들에게 일용할 양식을!"

황궁으로 전진하는 광명종의 행진은 무서울 정도였다.

관료며 사제들은 집에 틀어박히거나 도망치기 바빴고, 광명종의 신도들을 마자라 치부하던 사람들도 행여 다칠까 싶어 몸을 사렸다.

"황제를 내놓아라!"

"천자의 목을 성문에다 걸어라!"

그들의 울분은 이제 신인이 나타나는 것으로 끝날 것이 아니었다.

황제의 목이 걸리고 왕조가 바뀌어야 끝날 것이었다.

그러다 어디선가 목소리가 터졌다.

"황제가 저쪽에 있다!"

사실인지 확인할 겨를은 없었다.

분노에 미친 군중은 전부 우르르 몰리기에 바빴다.

그리고 그들의 예상은 옳았다.

곳곳으로 흩어졌던 금의위가 많아진다 싶더니, 어느 내관이 용포를 입은 어린아이를 등에 업은 모습이 포착된 것이다.

"저기다! 저기 있다아!"

군중들은 두 눈이 시뻘겋게 달아오른 채, 태감과 황제를 잡기 위해 달려들었다.

하지만,

"감히 어전 앞에서 고개를 조아리지 않고 무엇을 하는 것이냐!"

처처처처척!

하늘에서부터 대거 사람들이 쏟아졌다.

하나같이 머리를 파르라니 깎고 이마에 계인을 박은 승려들. 저마다 양손에 계도나 곤봉 따위를 들고 있다.

국사가 특별히 초빙했다 알려진 승병들.

불가의 사찰이자 선종의 효시라 불리는 소림사의 최고 전력, 백팔나한이었다.

분명 자비를 논해야 하는 이들이건만. 그들이 흉신악살처럼 얼굴을 일그러뜨리고 있으니 쉽게 범접할 수 없는 기세가 휘몰아쳤다.

좌아아아악!

그중에서도 가장 흉포한 기세를 자랑하는 자가 땅에다 길게 선을 긋더니 소리쳤다.

"이 선을 넘는 자, 전부 본사의 적으로 간주될 것이외다."

군중들 역시 분노에 눈이 단단히 멀었다지만, 소림사가 주는 의미가 얼마나 무서운지 모를 리 없었다.

단 한 번의 기합으로 산자락을 떨쳐 울리고, 단 한 번의 도약으로 강물 위를 걷는다는 자들.

평범한 백성인 그들로서는 저승사자보다도 더 무서운 것이 바로 무림인이었다.

하물며 그뿐만이 아니었다.

"반역 도당들은 순순히 오라를 받으라!"

주춤거린 군중들 뒤편으로 금의위와 병사들이 대거 포진했다.

당장에라도 벨 것 같은 흉흉한 기세.

군중들 중 무공을 익힌 일부 사람들이 앞으로 나와 군중을 보호하려 했지만, 소림의 백팔나한과 금의위를 모두 감당하기엔 역부족으로 보였다.

"저들 모두 폐하를 시해하려 한 자들이다. 투항하는 자들은 살려 두되, 조금이라도 반항하는 자는 남녀노소를 막

론하고 모두 베라는 태감의 명이시다."

그 말이 떨어지기 무섭게,

파바바밧!

백팔나한과 금의위가 군중으로 달려들었다.

＊　　＊　　＊

지호는 다음 사냥감을 찾아 주변을 둘러봤다.

고오오오오오—!

마치 천지간에 홀로 존재하는 것처럼 그의 기세가 가득
퍼진다.

고작 이것이 전부냐, 이러고도 호세천부라 할 수 있느냐,
그리 묻는 듯하다.

하지만 나찰천과 화천은 지호와 간격을 유지하고만 있을
뿐, 섣불리 덤비지 못했다.

너무나 오만하기 짝이 없는 모습.

하지만 그보다 더 어울릴 수가 없었다.

'강하다……! 저놈은 강해!'

나찰천은 수천과 풍천이 힘없이 나가떨어지는 것을 보고
두 눈을 부릅떴다.

제천대성이 강하다는 것쯤은 알고 있었다.

비서사와 수보리가 녀석에게 꺾였으니까.

그래도 호세천부를 당해 낼 수는 없을 거라 여겼거늘.

잠깐 손속을 나눠 본 것에 불과했지만, 그때까지만 해도 충분히 상대할 수 있으리라 여겼다.

그런데 이 정도일 줄이야.

천불을 둘이나 거꾸러뜨리다니!

특히나 수천이 자랑하는 절대영도는 냉기만 따진다면 팔한지옥의 마지막인 대홍련지옥에도 맞먹는다고 알려져 있지 않던가!

이건 예상했던 것과는 비교도 되지 않았다.

'어떻게 해야 하지?'

나찰천은 잠깐 허공으로 고개를 들었다.

하지만 제석천은 여전히 청룡과 계속 싸움을 벌이는 중이었다. 분명 승기를 잡고는 있지만, 이렇다 할 끝낼 방법을 찾지 못하고 있었다.

결국 지호는 남은 그들이 처치해야 했다.

'어쩔 수 없나?'

나찰천의 두 눈이 길게 찢어진다.

'이렇게 보일 생각은 없었는데…… 제길.'

아주 잠깐 갈등이 스쳐 지나갔지만 금세 끝이 났다.

최대한 비밀로 할 생각이었지만, 봉신이 된 후에 드러내

봤자 무슨 도움이 될까?

나찰천은 고개를 돌려 화천과 눈을 마주쳤다.

화천이 크게 고개를 주억거린다. 그와 같은 생각이란 뜻이었다.

다른 말은 필요 없었다.

그 순간, 둘이 동시에 움직였다.

쐐애애애애애애액!

화천은 땅을 박차 허공으로 높이 날아올랐고, 나찰천은 이쪽으로 달려오는 지호에게로 달려들었다.

나찰천은 근공(近攻)을, 화천은 원공(遠攻)을.

"원래는 제석 놈에게 쓰려 했던 것이지만…… 어디 한 번 막아 봐라."

본래 나찰천은 제석천에게 라이벌 의식을 느끼고 있었다. 당연히 이 수는 그의 오의나 마찬가지였고, 발동이 걸리면 반드시 끝을 봐야만 했다.

'호자.'

속으로 누군가를 속삭이며 부르자 답이 들려온다.

—예. 주인님.

스스스.

나찰천의 등골을 따라 짙은 귀기가 풍기며 갑주처럼 몸을 감싸기 시작한다. 그러면서 머릿속에 울리는 목소리는 악귀와 요괴의 왕이라는 나찰천이 듣기에도 거북할 정도로 소름 끼쳤다.

그가 가장 신봉하는 악귀, 호자.

지옥에서도 가장 밑바닥인 무간지옥에서 수천 년을 고통스럽게 뒹굴다 그와 계약을 맺은 녀석은, 단순히 품은 것만으로도 나찰천의 힘을 몇 배로 증대시킨다.

'녹아라.'

—분부대로.

나찰천의 위로 올라왔던 악귀가 고개를 숙이며 나찰천의 백회혈로 스며든다. 귀기도 다시 몸뚱이로 녹아내리면서 빙의가 시작되었다.

그러면서 시작되는 변화.

뚜둑. 뚜두두두둑.

길게 쫙 찢어진 나찰천의 두 눈에 새파란 귀화가 맺힌다. 입 끝이 귓가까지 잔뜩 벌어지면서 이가 마치 톱날처럼 자글자글한 송곳니로 변한다.

양팔은 무릎까지 쭉 내려오고, 상체의 근육은 풍선처럼 몇 배로 부풀어 올라 3미터는 넘는 덩치가 된다. 그를 따라 흉흉한 살기가 감돌았다.

천귀합일!

수천이 절대영도라는 기예를 지녔듯, 천귀합일은 나찰천

이 자랑하는 힘이었다.

특히나 구부러진 손가락을 따라 길게 자라난 발톱은 음산함을 띄었으니.

귀영조.

손톱 하나하나에 나찰천이 가장 아끼는 악귀를 밀어 넣어 만든 나찰천의 보패였다.

그리고 하늘에서는 화천도 준비를 시작했다.

두우우우우우웅.

조용히 합장을 하자, 마치 범종이 울리듯이 맑고 청아한 소리가 울린다. 그를 둘러싸고 있던 불길이 회전을 시작하면서 푸른 불꽃으로 변했다.

업화!

세상이 종말에 잠겼을 때 우주를 집어삼킨다는 불꽃이 회오리를 그린다.

화천은 합장했던 손을 풀면서 앞으로 내질렀다.

그러자 회오리가 한데 응축되더니 이내 거대한 용의 형상을 띄었다.

　—내려라!

업화로 이뤄진 화룡은 화천의 명령에 따라 지호에게로 떨어졌다. 나찰천은 높이 뛰어 화룡의 머리에 올라탔다. 두 천불의 힘이 뒤섞이면서 힘이 몇 배로 증대됐다.

지호도 한껏 응축시킨 뇌벽세를 놈들에게로 터뜨리려는
찰나,

"아아아아아악! 사아야, 사아야!"
"이놈들! 하늘이 무섭지 않으냐! 이런 천인공노할
짓을 저지르고도 신인이 두렵지 않으냔 말이다아아
아!"
"뭣들 하는 것이냐! 저 마자들을 몽땅 도륙하지
않고!"

"⋯⋯!"
별안간 지호의 예지안으로 뭔가가 잡혔다.
자홍성 외곽에서 벌어지는 끔찍한 장면이.
그 순간, 지호의 행동이 살짝 멈추고,
콰르르르르르르르르르릉!
그사이 나찰천과 화룡이 지호를 덮쳤다. 그들의 얼굴이
희열에 잠겼다.
"잡았다!"
모든 것이 숨 막힐 정도로 빠르게 돌아가는 상황에서는
아주 잠깐 한눈을 파는 것만으로도 목숨이 날아갈 수 있는
법.

화룡이 터지면서 지호를 쓸어버리며 사방이 불바다에 잠긴다. 나찰천은 분명 귀영조에 뭔가가 걸리는 느낌이 들어 쾌재를 외쳤다.

하지만,

퍼어어어억!

"어? 컥!"

갑자기 불바다가 좌우로 확 갈라지더니 갑자기 귀영조가 분질러져 허공으로 튀었다. 파편들 사이로 지호의 손이 툭 튀어나오면서 나찰천의 목을 움켜쥐었다.

"네놈들은 끝까지 쓰레기 같이 구는구나."

지호가 송곳니를 잔뜩 드러내며 으르렁거렸다.

나찰천은 지호의 손을 떨치기 위해 팔을 연신 밀었다.

호자와 그의 힘. 두 가지가 합쳐졌기에 지호 정도는 밀어낼 수 있어야 했지만,

'어째서? 어째서어어어어?'

그의 목을 옥죈 지호의 팔뚝은 꼿꼿하게 세워진 기둥처럼 꿈쩍도 않았다.

순수한 힘만 따진다면 천계에서도 비사문천을 제외하면 자신을 당해 낼 수 있는 사람은 아무도 없건만!

'어째서 이렇게 되어야 한단 말이냐아아아아!'

나찰천은 자신이 내지르는 경악을 이미 수천이 내뱉었다

는 것을 모른 채,

콰드드드득!

그대로 목이 뒤로 돌아갔다.

지호는 축 늘어진 녀석을 바닥에다 아무렇게나 버리고 땅을 거세게 박차 화천 쪽으로 몸을 날렸다. 황금색 빛줄기가 궤적을 그린다.

"오지 마! 오지 마! 오지 마아아아아아!"

화천은 지호에게서 풍기는 기세에 안색이 새파랗게 질린 채로 연거푸 장풍을 날렸다.

천불을 저렇게 무지막지하게 다룰 수 있다는 사실에, 그의 머릿속은 온통 새하얗게 변했다.

퍼퍼퍼퍼퍼펑!

업화를 머금은 장풍이 소나기처럼 쏟아진다.

하지만 지호는 막힘없이 정권을 앞으로 내질렀다. 주먹 끝에서 금색 빛줄기가 폭사한다 싶더니 수백 개로 갈라진 궤적이 일일이 장풍을 파훼시켰다.

그리고 단숨에 화천에게로 치달아 오른쪽 팔꿈치로 녀석의 명치를 찍었다.

콰아아아아아앙!

화천은 가까스로 양손을 끌어모아 일격을 막아 내는 데 성공했지만, 양손이 그대로 으깨지면서 어마어마한 고통이 뒤따랐다.

지호는 거기서 그치지 않고 몸을 측면으로 틀면서 정강이로 놈의 관자놀이를 후려쳤다.

빠아악, 두개골이 으스러지는 소리와 함께 화천이 실 끊어진 인형처럼 바로 튕겨 났다.

녀석이 가까스로 다시 한 번 화룡을 일으켰지만, 그마저도 지호의 손끝에서 터져 나간 금색 빛줄기에 찢겨진 커튼처럼 갈가리 부서졌다.

이 모든 것이 눈 깜짝할 사이에 벌어졌다.

그만큼 지호는 다급했다. 고개를 들어 청룡을 불렀다.

"성아!"

─응응!

상공에서 제석천과 다투던 청룡이 불을 뿜다 말고 몸을 아래쪽으로 꺾으며 그대로 미끄러진다. 그리고 빛무리에 잠기더니 다시 여의봉이 되었다.

제석천이 청룡을 따라 아래쪽으로 하강을 시도한다.

지호도 위쪽으로 날아오르면서 여의봉을 낚아채는 것과 동시에 제석천과 충돌했다.

쿠우우우우우웅!

여의봉과 금강저가 부딪친 자리, 하늘이 깨질 것처럼 흔들리며 조각 난 구름이 사방으로 흩어진다.

"비켜. 난 더 이상 네놈들과 노닥거릴 시간 없어."

"미안하군. 이쪽은 있는데 말이야."

그러면서 웃는 모습이 순박해 보이는 얼굴과 다르게 사악해 보였다.

그때 다시 한 번 예지안이 발동됐다.

"아니다. 생각이 바뀌었다. 한 놈도 살려 두지 마라. 오늘 이 자리에서 마자 놈들을 뿌리째 뽑지 않는다면 다시 똑같은 일이 벌어질 터……! 모두 베어라."

"존명."

"존명!"

"이런 미안하군. 이쪽 신도들이 분위기에 휩쓸려 생각보다 더 흥분했나 보이."

제석천이 다시 한 번 웃는다.

지호는 머리 안쪽에서 뭔가가 끊어지는 것 같았다.

콰아아아아앙!

지호는 있는 힘껏 제석천을 밀어내고 축지를 밟아 예지안이 비추는 곳으로 이동했다.

발아래, 목불인견의 참상이 빚어지고 있었다.

전면에서는 소림사의 백팔나한이, 후면에서는 금의위와 병사들이 진을 치며 학살을 벌인다.

이미 땅바닥에는 시신으로 가득해 피가 내를 이뤘다.

군중 내에서도 일부 무공을 익힌 사람들이 어떻게든 맞서 보려 했지만 다수가 일반 양민들인 그들로서는 속수무책이었다.

그야말로 광기만이 자리 잡은 곳.

이대로는 군중들 모두가 죽을 터였다.

지호는 이들을 멈추기 위해서 우보를 밟으려 했다. 일단은 막는 게 급선무였다.

하지만 곧 제석천이 뒤편에서 공간을 열고 나타나 방해를 하고 말았으니.

"말하지 않았나. 뜻대로 할 수는 없을 것이라고."

제석천이 휘두른 공세에 지호는 다시 몸을 뒤틀어 막을 수밖에 없었다.

콰르르르르르르—!

시커먼 연기가 파문처럼 하늘을 빼곡 물들인다.

어마어마한 충격파가 지상에도 닿아 많은 이들이 균형을 잃고 휘청거렸다. 하지만 그럴수록 혼란만 더 가중되어 피해가 심해졌다.

지호는 제석천을 떼어 놓지 않고서는 아무것도 할 수 없을 것 같다는 생각에 우보를 세게 밟아 제석천을 꽁꽁 묶었다.

제석천은 보이지 않는 속박을 털어 내려고 했지만, 그사이 지호는 공간 통째로 축지를 밟아 아예 지상에 아무런 영향도 미치지 않을 상공, 열권 지역에 나타났다.

우주처럼 시커먼 하늘이 나타나고, 저 아래 녹색 대지와 푸른 바다가 훤히 보였다.

동시에 여의봉을 휘두른다.

"휘몰아쳐라."

불 폭풍이 불어닥치면서 제석천을 강타한다.

녀석이 우보에 속박된 동안에 공세를 휘몰아쳐서 아예 봉신을 시키려는 것이었다.

제석천의 눈가에 핏대가 섰다.

이대로 멍청하게 묶인 채로 당할 수는 없는 일.

금강저가 빛을 발한다. 근육이 팽팽하게 불어나면서 조금씩이지만 움직인다. 우보의 속박을 강제로 풀려 하고 있었다.

하지만,

"못 도망쳐."

지호는 우보를 밟았다.

두우우우웅.

"컥!"

더 단단해진 공간 결박이 제석천의 손발을 강제로 꽁꽁
묶어 버린다.

거기서 그치지 않았다.

두우웅. 두우웅. 두우웅—!

북두칠성의 방향에 따라 우보를 밟아 나갈수록 제석천은
더 단단한 압력에 의해 몸이 짓눌리다시피 했다.

끝내 마지막 일곱 번째 걸음이 되었을 때, 제석천은 근골
이 죄다 뒤틀어져 아예 옴짝달싹하지 못하는 상황이 됐다.
그사이 불 폭풍이 녀석의 머리 위로 떨어지면서 그대로 불
살라 버리려 했다.

"제길…… 어쩔 수 없나……!"

불 폭풍이 닥치기 직전, 제석천이 핏대가 잔뜩 선 화안금
정을 높이 들었다.

그때, 별안간 제석천의 안쪽 주머니에서 뭔가가 둥실 떠
오른다 싶더니 빛무리를 뿌렸다.

손톱만 한 크기의 아주 작은 구슬.

하지만 그 속에는 어마어마한 양의 법력이 담겨 있는 법
구였다.

화아아아악!

뭔가 번쩍인다 싶더니 갑자기 불 폭풍이 거짓말처럼 뚝 그쳤다. 제석천을 옭아매던 우보도 감쪽같이 사라졌다.

"……뭐지?"

지호는 이해할 수 없는 현상에 다시 우보를 밟았다.

하지만,

화아아아악!

역시나 법구가 빛을 토하니 제석천을 둘러싼 공간이 결박되기도 전에 갑자기 사라져 버린다.

"……!"

지호는 두 눈을 부릅떴다.

우보를 무효화시키다니.

이런 건 옥황상제도 못 해내지 않았던가!

"하아…… 하아……! 정말이지…… 네놈은…… 끝까……지 속을 썩……이는구나. 제천대성……!"

제석천은 식은땀에 축 젖은 채 거칠게 숨을 몰아쉬었다. 그럴수록 법구가 더 시린 빛을 토했다.

"이것…… 만은…… 보이지 않으…… 려 했는데. 말이……야. 하아…… 하아……!"

제석천이 말을 하는 동안 법구에서 뿜어져 나온 빛이 그를 감싸기 시작한다.

그러자 신기하게도 피가 그치고 흉터가 아물었다. 우보

가 주는 압력에 짓눌렸던 몸이 다시 원상태로 회복되면서 본래의 모습을 되찾았다.

지호의 눈이 커졌다.

몸을 저렇게 빨리 치료할 수 있다고?

아니다.

정확하게는 저 법구가 제석천이 입었던 상처를 '없던' 것으로 만들고 있었다. 세상이 그렇게 인식하도록 했다.

불 폭풍과 우보도 무효화시켰던 것처럼 공(空)으로 만드는 법구라니.

"……이 세상에 강림할 수 있었던 것도 전부 그 때문이었나?"

제석천은 어느새 회복을 모두 마치고 차갑게 고개를 끄덕였다.

"석가의 사리다. 이것이 있는 한 선술이며 법술까지도 전부 여기에 미치지 못하지."

"……!"

"말했다만 이것은 본래 쓸 생각이 전혀 없었어. 사용에 한도가 있을 수밖에 없으니까. 하지만 너는…… 우리가 생각했던 것 이상으로 너무 강해."

지호는 아주 잠깐 침묵에 잠겼다.

석가의 사리라고?

"참으로 편하지 않은가? 절지천통이며 삼라만상을 공(空)으로 흘려버리다니. 저승의 문도 그리 쉽게 열 수 있다면 좋을 것을."

생각할수록 터무니없는 법구가 아닌가.

하지만 달리 보자면, 석가여래가 스스로 자신의 영혼을 일부 옮겨 담은 사리를 내줬다는 사실은 이번 일에 녀석들이 그만큼 사활을 걸고 있다는 뜻이었다.

저승으로 가서 반고를 깨우는 게 저들에게는 그만큼 중요한 것일까?

"여하튼 이제 그만하게. 더 이상 자네에게는 승산이 없어."

그러면서 다시 한 번 석가의 사리가 빛을 발한다.

그러자 지호의 주변을 따라 공간이 열리면서 네 명의 천불이 다시 나타났다.

언제 부상을 입었냐는 듯이 회복된 상태의 몸을 하고서. 각자의 손에는 제석천과 마찬가지로 석가의 사리가 하나씩 들려 있었다.

"다시 한 번 권고하지. 이제 자네가 뭘 하든지 간에 아무런 소용없을 거야. 즉시 모든 법칙을 무효화할 것이니. 자네는 이제 축지를 밟을 수도, 우보나 여의봉을 다룰 수도 없어. 투항하고 자물쇠를 내놓게. 하면 자네 고향으로 돌아가는 것까지는 허락해 주지."

지호는 잠시간 말없이 다른 천불들을 돌아봤다.

하나같이 노한 얼굴을 하고 있지만 그와 눈이 직접 마주친 순간 자기도 모르게 움찔거린다.

지호가 보였던 무용에 기백이 꺾인 것이리라.

그런데도 이리 버틸 수 있는 것은 저들의 알량한 자존심 때문이었다.

이런 시각에도 아래쪽 상황은 급박하게 돌아가고 있었다.

더 이상 시간을 지체할 수 없었다.

"하아아아아아……!"

길게 날숨을 내뱉으며 머릿속을 최대한 비운 채, 제석천을 본다.

화안금정과 화안금정이 서로 맞부딪친다.

지호가 입술 끝을 비틀었다. 비웃음이었다.

"그거 아나?"

제석천은 이상한 불안감이 들어 인상을 구겼다.

"무엇이 말인가?"

"여긴 동승신주에서도 가장 높다는 거. 달이 아주 가깝지."

"……!"

제석천이 놀란 얼굴로 고개를 위로 들어 달을 본 순간,

─하! 쓰레기가 다섯이나 모이니 악취가 진동
을 해 대는군.

츄츄츄츄츄츄춧!

달에서부터 얼음 화살이 무더기로 쏟아졌다.

하나하나가 극한의 온도를 담은 화살.

제석천은 재빨리 사리를 들어 모든 화살을 무효화시켰
다. 하지만 워낙에 광범위한 데다, 양도 많아서 사리가 전
부 감당하지는 못했다.

그래서 아주 잠깐 한 눈이 팔린 사이에,

"그리고 태양도 가깝지."

별안간 목가에 서늘한 감촉이 든다.

제석천은 고개를 돌릴 수가 없었다.

어느새 그의 머리통이 목과 분리되어 허공으로 둥실 떠
오르고 있었다.

푸우우우!

피분수 사이로, 소호 금천이 혀를 찼다.

"웬만하면 내 친구는 건드리지 마시게."

49장

대이동(Exodus)

그때 다시 한 번 석가의 사리가 빛을 발하면서 세상이 아주 잠깐 번쩍였다가 그쳤다.

제석천은 다시 머리가 돌아와 있었다.

그래도 잘린 기분이 좋지는 않았는지 인상을 찡그리며 손으로 턱을 쓰다듬었다.

"자칫 강림이 풀릴 뻔했어."

그러면서 인상을 찡그린다.

자신의 머리를 자르고 어느새 지호의 옆에 서 있는 소호금천을 보다가,

"옛 태양신과……."

역시나 어느덧 그들보다도 더 높은 상공에서 이곳으로 활을 겨누고 있는 이예가 보였다.

"……버림받은 상장군이라?"

제석천의 화안금정은 그들이 품고 있는 것을 여과 없이 비춰 줬다.

소호 금천은 태양의 신위를, 이예는 달의 신위를 안고 있었다.

태양신과 월신(月神).

이들이 제천대성과 가까운 사이라는 건 알고 있었지만 이렇게 나타날 줄이야.

계산 착오였다.

특히 잊힌 신으로서 이미 여와의 기록 속에서도 잊혔던 소호 금천이 오롯이 신위를 되찾은 채로 부활한 것은, 도무지 믿기가 힘든 일이었다.

"이해한다네. 하지만 내 유일한 벗이자 주군께서 신하를 부르시는데 어찌 안 나오고 배기겠나? 안 그러신가, 다들?"

소호 금천은 헝클어진 머리를 쓸어 올리며 담담하게 웃었다.

본디 그는 지호의 신위 속에서 여러 '가능성'들이 싹 틔울 수 있도록 관리하는 작업을 하고 있었다. 이를테면 조경

사라고나 할까?

하지만 그의 의식과 파편은 확실하게 남아 있는 것이었으니.

지호는 여기에다 태양의 신위를 부여하고 오롯한 모습으로 세상에 강림할 수 있도록 만들었다.

이예 역시 마찬가지.

월궁에서 머물고 있을 녀석이 느낄 수 있도록 가장 높은 하늘까지 올랐다.

이예는 금세 그의 부름에 반응했고, 지호는 녀석이 하계에 내려올 수 있도록 달의 신위를 부여하면서 월신으로 각성시켰다.

소호 금천은 원래 태양신이었기에, 이예는 한 번 월신을 부여받은 경험이 있기에 강림은 손쉬웠다.

제석천을 비롯한 천불들은 섣불리 덤비지 못했다.

제아무리 석가의 사리를 지니고 있다지만 횟수에는 제한이 있는 데다가, 저 둘은 절대 쉽게 보아서는 안 될 자들이었다.

한때 수미산에서 세 손가락 안에 들었다는 나라, 청양을 일군 희대의 군주, 소호 금천.

오늘날 삼신장을 키워 냈으며 천계를 상징했던 장수, 이예.

단둘이지만 상대하기가 벅차다.

하물며 제천대성까지 더해진다면 더더욱.

지호는 천불들이 잠시 머뭇거리는 사이, 두 사람에게 전음을 보냈다.

『금천, 여길 부탁합니다. 이예, 부탁해.』

대답은 들을 필요 없었다.

그들 사이에 연결된 심령이 긍정적인 기운을 폈으니까.

그리고,

팟!

지호가 축지를 밟아 사라지자, 제석천이 뒤따라 움직이려 한다.

화아아악!

하지만 소호 금천이 불꽃을 뿌려 제석천의 앞길을 막았다.

제석천이 잔뜩 노한 얼굴로 그를 돌아봤다.

소호 금천이 어깨를 으쓱였다.

"말하지 않았는가. 우리의 어린 주군께서는 그대들을 보낼 생각이 없으시다고 말이야."

"……그럼 원래대로 성불을 시켜 드리지."

"미안하지만, 그건 사양하고 싶군. 세상에 처음으로 미련이 생겨서 말이네."

그 말과 함께 움직인다.

콰아아아아아아앙!

소호 금천이 어느새 빼어 든 검과 제석천의 금강저가 충돌하는 사이, 다른 천불들은 이예에게로 쇄도했다.

살갗이 따끔거릴 만큼 살기가 매서웠지만, 이예는 도리어 웃었다.

"간만에 몸 좀 풀 수 있겠어."

쉬쉬쉬쉬쉬쉬쉭!

시위에서 손을 놓자 소중이 분산되며 수천 개의 빛줄기가 되어 천불들에게로 쏟아졌다.

*   *   *

"헉…… 헉…… 헉……!"

무사 정윤은 온통 피로 칠갑을 한 채 거칠게 숨을 몰아쉬었다.

대체 얼마나 많은 사람을 벤 것일까.

너무 많이 칼을 휘두른 탓에 이제는 손발이 따로 노는 것같이 느껴진다.

그런데도 쉴 수가 없다.

보다 많은 사람들이 자신의 뒤에서 그만을 애타게 바라

보고 있었으니까.

'진무대제를 모시는 내가, 다른 것도 아닌 명교를 돕게 될 줄이야.'

본래 그는 도교 집단으로서 무림에서도 알아주는 명문인, 무당파의 일대 제자였다.

나이가 어느 정도 들면 협행을 하러 강호에 나서야 한다는 문파의 문규에 따라 하산을 하게 되었다.

그때까지만 해도 정윤은 많은 꿈을 꾸고 있었다.

위험에 처한 백성들을 구해 명성을 날리고, 절세가인과 사랑을 나누며, 수많은 벗들을 사귀어 풍류를 노래한다.

강호인들이라면 누구나 꿈꿀 낭만이리라.

하지만 그런 그의 눈에 가장 먼저 비친 것은 소위 마종이라 불리는 광명종의 신도들이었다.

사문의 어른들은 언제나 말하곤 했다.

명교는 흉신을 떠받드는 사교(邪敎). 그들은 백성들을 달콤한 말로 속삭여 타락의 늪으로 빠뜨리고, 이 땅을 어둠에 잠기게 하는 자들이라고.

하지만 지금은 국교로 인정받아 쉬이 건드릴 수 있는 이들이 아니니, 때를 기다리라고.

그들의 거짓된 빛이 사라질 때를 말이다.

그렇기에 정윤 역시 명교에 대해 부정적인 생각을 갖고

있었다.

특히 명교가 모시는 신인이 자신에게 도움을 준 옥황상제와 진무대제의 은혜를 저버리고 도리어 천계에 적대감까지 드러냈다는 전승을 접했을 때에는, 완전히 마음이 돌아서기까지 했다.

하지만 직접 그의 두 눈으로 본 명교는 달랐다.

아니, 정확하게는 명교 내에서도 가장 배척받는 집단이라던 광명종은 많이 달랐다.

그들은 사랑을 알았다.

자신들도 가난하면서 더 가난한 자들에게 먹을 것을 나누고, 고아가 있으면 자신의 자식들처럼 아꼈다.

그들은 자비를 알았다.

세상이 그들을 탄압할지언정, 그것은 어디까지나 신인께서 내리신 고난이라 해석하며 긍정적인 사고를 지니려 했다. 그러면서도 불의한 것에는 화를 낼 줄 아는 적극적인 태도를 갖고 있었다.

하지만 그들은 한을 품고 있었다.

오래도록 피폐된 삶이 그들을 한없이 좀먹어 가지만, 그만큼 꿋꿋한 마음으로 일어서려 했다.

그랬기에 언제부턴가 정윤은 그들과 함께하기 시작했다.

도움을 필요로 하는 사람이 있으면 나서서 도와주고, 아이들이 있으면 글을 가르쳐 주는 등 함께 놀았다. 광명종을 배척하려는 자들이 있으면 직접 나서서 내쫓았다.

자신만 그런 건 아니었다.

사천성에서 내로라하는 문파인 청성파의 옥산도, 거친 황무지에서 수많은 백성들에게서 존경을 받는다는 공동산의 이재악도, 부적술로 유명한 나부파의 모산진인도.

광명종 신도들은 그런 그들을 가리켜 호교위영이라 불렀다.

아주 오래전에 명교를 지킨 무사들, 호군위영에서 따왔다던가.

하지만 호교위영의 숫자는 계속 줄어들었다.

그때 또 한 명 피를 잔뜩 뿌리며 쓰러졌다.

털썩!

'운상……!'

귀주성 검백일문의 출신이었던 친구. 언제나 웃음기가 많아 아이들의 인기를 독차지했던 녀석이었다.

이렇게 갈 녀석이 아니었건만.

"아미타불. 정윤 시주, 이만하시지요."

백팔나한의 수장, 공염이 염주를 굴리며 불호를 왼다.

하지만 피를 잔뜩 뒤집어쓰고 악귀나찰처럼 두 눈이 살기로 번들거리는 모습과는 어울리지 않았다.

본디 소림사와 무당파는 강호의 정점에 선 곳들.

그들 나름대로의 교류가 잦아, 정윤과 공염은 서로 면식이 있는 사이였다.

"무엇을 그만한단 말이오! 대체 무엇을!"

"의미 없는 행동을 이만 삼가시라는 말이외다."

"죄 없는 백성들이 죽어 가고 있소."

"죄가 없는 것은 아니지요. 모두 쳐 죽여야 할 마구니일지니."

"마구니라니! 이들은 사람이오! 이런 짓을 저지르고도 그대가 자비를 논하는 승려라 할 수 있소이까?"

"빈승이 아니면 누가 지옥으로 가리."

"미친……!"

공염이 눈을 가느다랗게 좁혔다.

"본디 따지자면 이들은 시주와 아무런 하등 상관도 없는 사교도들이 아니외까? 저들이 신인이라 부르는 흉신이 저지른 전승에 대해서 못 들으셨을 리는 없을 터."

"한데?"

"그러니 그만두시라는 것이외다. 시주의 사문에서 이 사실을 알게 되면 가만히 있을 것 같소이까?"

"협박이오?"

"어디까지나 현실을 짚어 드린 것뿐이외다."

"……."

공염이 그를 몇 번이고 벨 기회가 있었는데도 불구하고 살려 뒀던 건 사문들의 관계 때문이리라.

정윤 역시 자신이 저지른 일이 무엇을 의미하는지 잘 알고 있었다.

사문에서 사교라 낙인찍은 곳을 돕는다?

아마 돌아간다면 파문 정도로 끝나지 않겠지.

어쩌면 단전이 부서지고 손발의 힘줄이 모두 끊어진 채로 평생 참회동에 갇힐지도 모르는 일이다.

하지만 그렇다 해도…….

척!

정윤은 검을 공염에게로 겨눴다.

"내 생각은 달라지지 않을 것이오."

"아미타불. 어쩔 수 없구려."

순간, 공염을 따라 기세가 폭풍처럼 휘몰아쳤다.

"나한들은 백팔나한진을 갖춰라! 남은 잔당들을 모두 쓸어버릴 것이니라!"

휘휘휘휘휘!

승려들이 빠르게 움직이기 시작한다.

백팔나한진.

소림사가 자랑하는 최고의 절진.

저것에 휘말리면 아무것도 남지 않는다고 하던가?

"아무래도 여기가 끝인가 보군."

"하하하…… 그래도 외롭지는 않아서 다행이야. 안 그런가?"

정윤 옆으로 얼마 안 남은 호교위영들이 한데 모였다.

서로가 서로에게 등을 기댄다.

이미 그들은 사문이나 출신을 뛰어넘어 한 형제나 다름없었다.

"자네들……."

"아, 굳이 뒷말은 할 필요 없네. 괜히 손발만 오그라드니까."

가장 친하게 지냈던 옥산이 손을 가볍게 젓는다.

그러다 이재악이 슬쩍 위를 올려다본다.

"그래도 다행이야. 신인이 정말 단순한 전승이 아닌 실제로 있다는 것을 알게 되었으니……."

"뒤는 걱정하지 않아도 되겠어."

모두가 공감한다는 듯이 고개를 끄덕였다.

하늘에서는 여전히 섬광과 폭풍이 휘몰아치는 중이었다. 쿵, 쿵, 이따금 충격파에 지반이 흔들리고 열풍이나 냉풍이 여기까지 닿는 경우도 종종 있다.

저것이야말로 신이 역사(役事)한다는 증거.

저것이야말로 광명종이 그토록 믿던 신인이 재림했다는
근거다.

정윤과 호교위영은 서로 눈빛을 나누고 검을 세게 움켜
쥐었다.

이윽고 백팔나한진과 맞부딪치려는 찰나,

　"역시나 납탑의 후예. 내 아이들을 지켜 주어
　고맙고 또 고맙구나. 이 은혜를 어찌 다 갚을 수
　있을까…… 이제부터는 내가 하겠으니 이만 쉬려
　무나."

성스럽고 고아한 목소리가 뇌리를 울린다.

정윤이 두 눈을 크게 뜨며 위를 쳐다본 순간,

두우우우우우우웅!

범종이 쩌렁쩌렁하게 울리더니 세상 전체가 정지했다.

그리고,

쩌저저저저저적!

세상이 갈라진다.

호교위영과 백팔나한으로.

광명종과 금의위로.

신도들을 해하려 했던 이들은 일대 공간에서 소거되거나

유리되어 외곽으로 모조리 쓸려 나갔다.

"우웨에에에에엑!"

"으, 으아아아아악!"

"이, 이, 이게 어떻게 된 일이야!"

두 눈으로 직접 봐도 도무지 믿기지 않는 이적.

수만 명이 뒤엉킨 곳에서 승려들과 금의위는 도무지 믿기지 않는다는 얼굴로 고개를 들었다.

그러다 다시 몸이 뻣뻣하게 굳고 말았다.

두 눈을 화려한 황금빛으로 물들인 사내가 그들 앞에서 노한 얼굴로 있었다. 무지막지한 기세가 그들의 숨통과 영혼을 모두 옥죄고 있었다.

정윤이 배광으로 가득한 뒷모습을 보며 중얼거렸다.

"신인이…… 강림했어."

재림(再臨).

신이, 이 땅에 내려왔다.

*　　　*　　　*

개구리가 뱀을 만나면 어떻게 될까?

떨 것이다.

개미가 코끼리를 본다면?

역시나 두려워하겠지.

그렇다면 인간이 신을 만나면 어떻게 될까?

그것도 분노에 가득 찬 최고위의 신이라면.

덜덜덜—

모두가 몸을 바들바들 떤다. 차마 눈을 마주치지 못하고 고개를 숙인다.

하던 행동을 모두 멈춘 채 잔뜩 얼어붙어 바닥에 바짝 엎드리는 자들도 있었다.

"무, 뭣들을 하는 게냐!"

백팔나한도 다르지 않았다.

나한은 아라한의 준말. 진짜 아라한은 아닐지언정 그래도 소림사는 물론 강호에서도 알아주는 고수들이거늘, 누구 하나 지호를 쳐다보지 못했다. 그나마 일어서서 진법을 유지하는 것만 해도 대단한 일이었다.

그저 공염만이 허망하게 외칠 뿐.

저벅.

지호는 천천히 앞쪽으로 걸어갔다. 딱히 기세를 뿌린 게 아닌데도 불구하고 분노가 기풍이 되어 휘몰아친다.

"그, 그저 사이한 술수를 부리는 자일 뿐이다! 어, 어떻게 신이 따, 땅에 내려오겠는가! 저, 저자는 인두겁을 쓰, 쓴 요, 요괴일 게야!"

지호가 가까워질수록 공염의 떨림은 더 심해졌다.

저벅. 저벅.

"이, 일어서래도……! 어, 어, 어서!"

저벅. 저벅. 저벅.

"저, 저 마, 마구니를 쳐, 쳐 죽여……!"

어느새 지호가 공염의 바로 앞에 섰다.

숨만 쉬어도 바로 느껴질 만큼 가까운 거리.

공염의 눈동자가 떨린다. 녀석은 지호와 차마 눈을 마주치지 못하고 옆으로 돌리기 바쁘다. 이내 뭔가를 다짐했는지 두 눈에 잔뜩 힘을 주고 지호를 쳐다본다. 그래도 여전히 떨림은 그치질 않았다.

"노오오오오오옴! 내, 내 뒤에 계신 처, 천불과 보살들이 두, 두렵지 않은 게냐!"

"……."

이상하게 지호는 빤히 그를 쳐다보기만 할 뿐, 아무 말도 하지 않았다.

공염은 자신의 협박이 통했다 싶은지 안색이 살짝 밝아졌다. 짐짓 어깨에 힘까지 잔뜩 준다.

"그래. 이제야 세존의 무서움을 알았구나. 마, 마구니여! 지, 지금이라도 세, 세존의 가르침을 받는다면 요, 용서해 줄 요, 용의가 이, 있노라! 어떠느냐?"

이러고도 네놈이 나설 수 있겠느냐는 듯한 태도.

그런데,

"할 말은 거기까지지?"

"뭣……?"

공염이 무슨 말을 하기도 전에, 지호가 손사래를 쳤다. 마치 파리라도 쫓아내듯이.

파아아아아악!

하지만 결과는 절대 간단치 않았다.

단순히 분 강풍에 공염은 시체조차 남기지 못하고 그대로 쓸려 나갔다. 뒤쪽에 있던 백팔나한 중 절반 이상도 사라졌다. 그들이 있던 자리에 핏자국만이 남았다.

"으, 으아아아아악!"

"살려 줘!"

공포에 맛이 가 버린 금의위들이 갑자기 바닥에다 병기를 버리기 시작하더니 허겁지겁 뒤돌아서 뛰기 시작했다.

그럴수록 지호의 반응은 더 싸늘했다.

"왜 그래? 방금 전처럼 다들 미쳐서 날뛰지 않고. 이쪽은 혼자인데. 다 같이 덤비지 않고."

휘이이이이이—!

지호를 따라 강풍이 불어닥친다. 황금색 기운이 바람에 섞여 촉수처럼 사방으로 뻗혀 녀석들 곳곳으로 거세게 파고들었다.

"크아아아악!"

"이, 이게 뭐냐고!"

"피, 피해애애애애애!"

사람들은 어떻게든 달아나고자 애썼지만 황금빛 기운은 닿는 모든 것을 쓸어 냈다.

그나마 형체라도 유지하고 있던 백팔나한진은 완전히 붕괴되고 말았다. 금의위는 뿔뿔이 흩어져 진형이 완전히 해체되다시피 했기에 더더욱 좋은 먹잇감이 되었다.

시체는 남지 않았다. 그저 바닥에 흥건하게 남은 육편과 핏물 자국만이 무슨 일이 있었는지를 말해 줄 뿐.

지호는 그런 피 웅덩이 사이를 천천히 걸었다.

찰박. 찰박.

걸을 때마다 붉은 발자국이 낙인처럼 찍힌다.

근방에 있는 몇몇은 너무 많은 인파 때문에 탈출이 쉽지 않아 저항을 시도하기도 했다.

"죽어라!"

"꺼지란 말이다, 이 마귀야!"

황금색 궤적을 피해 슬금슬금 가까이 다가갔다가 달려든다. 저마다 꼬나 쥔 병기에는 강기가 맺혔다.

하지만 지호는 그쪽으로 눈길도 주지 않았다.

몸을 휘돌던 금색 궤적이 알아서 반응해 그들을 후려쳤
으니까.

퍽!

달려들던 자들은 그대로 곤죽이 되어 터져 나갔다.

그러자 이번에는 백여 명씩 집단으로 뭉치는 자들이 생
겼다.

"모, 모여! 한데 모이라고! 저건 어디까지나 휩쓸거나 때
리는 용도밖에 안 되니까 방어만 하면 버틸 수 있을지도 몰
라!"

공력을 한데 모아 단단한 방벽을 세워 반격을 꾀해 보자
는 의도였다.

하지만 그런 것이야 공격 방법만 바꾸면 그만이었다.

지이이이이이잉!

황금색 궤적은 굵기를 아주 얇게 세우더니 그대로 칼처
럼 놈들의 허리를 쓸고 지나갔다.

촤아아아아아악!

백여 개의 분리된 시신이 창자를 쏟아 내면서 볏짚단처
럼 허무하게 쓰러진다.

"으, 으아아아아아아!"

"괴물이다! 괴물이야아아아!"

후려치고, 베고, 부수고, 휩쓴다.

저항 따윈 허락지 않겠다는 듯 무참히 죽어 나가는 판국에 그나마 남아 있던 저항 의지마저도 완전히 꺾였다.

"비켜! 비키란 말이야아아아!"

"내가 먼저 왔어. 그러니까 밀지 말라고오오!"

하지만 도망도 쉽지 않은 건 매한가지였다.

쿠쿠쿠쿠쿠쿠!

지호가 검지를 뻗어 위로 까닥거리니 땅이 흔들리면서 탈출을 시도하던 자들 앞으로 거대한 토벽이 세워졌다.

"무, 뭐야, 이게?"

"젠장……!"

"비켜 봐!"

"너, 너 뭘 하는 거야!"

"이렇게라도 올라가야 할 것 아니냐고!"

졸지에 퇴로가 막힌 이들은 우왕좌왕하다가 황금색 궤적이 바로 뒤까지 쫓아오자 사람들을 밟고 넘어가려 했다.

아래에 밟히는 사람들, 올라가려는 사람들, 그들을 끄집어내려는 사람들까지.

이곳은 완전히 아수라장이었다.

개중에 실력이 좋다 싶은 이들은 어기충소의 수법으로 높이 뛰어올라 토벽을 넘으려 했다. 하지만 그들은 도리어 이목만 끌어들일 뿐이었다.

팟! 팟! 팟!

황금색 궤적에서 일부가 실타래처럼 풀리면서 그대로 화살처럼 관통해 그들의 머리통을 부숴 버렸다. 후두둑, 부서진 살점이 비처럼 흘러내렸다.

"아아아아아악!"

"제발! 으헝헝헝. 살려 주세요. 살려 주세요."

"잘못했습니다. 다시는 안 그럴 테니…… 크아아악!"

저항을 해도, 도망을 쳐도 죽음만이 기다리는 곳.

더 큰 문제는 이들 모두를 단번에 쓸어버릴 수도 있는데도 불구하고 차근차근히 죽여 나간다는 점이었다.

마치 공포를 더 불러일으키려는 듯. 그들을 더더욱 절망의 구렁텅이로 몰아넣으려는 듯.

결국 미쳐 버리는 사람들이 속출했다. 토벽 앞에서 무릎을 꿇고 간절히 기도를 올리는 사람들도 있었다. 어떻게든 토벽을 부수려 어깨가 부서지도록 몸을 던지거나 손톱으로 박박 긁어 대는 자들도 있었다.

절규와 비명만이 가득한 곳.

이곳은 지옥이었다.

"……."

"……이, 이래도 되는 걸까?"

정윤과 호교위영을 비롯한 광명종의 신도들은 그걸 멍하

니 지켜봤다.

여태 자신들을 짓밟던 자들이 아닌가. 자신들을 짐승처럼 여기며 마구잡이로 죽이려 했던 이들이 아닌가.

그런 이들이 모두 죽어 나가고 있는데도 불구하고 어느 누구도 속 시원하다는 생각을 하지 못했다.

그저 멍했다.

그러다 어느 순간, 누군가가 제자리에 주저앉아 눈물을 펑펑 쏟아 냈다.

"으흑! 사아야, 사아야……!"

금의위로 인해 딸을 잃었던 어미였다.

"아이고, 승아 아버지!"

"엄마아아아! 아빠아아아아!"

"수정아, 수정아. 이제 아프지 말아 줘."

신도들 모두가 바닥에 주저앉아 눈물을 쏟았다.

자식을, 부모를, 형제를, 연인을, 친구를 잃었던 사람들.

여태 가슴에 한으로 쌓였어도 어찌 풀어낼 수 없었던 사람들은 그제야 눈물을 펑펑 쏟을 수 있었다.

이것은 신인이 망자들을 위해 벌이는 진혼제였다.

"끄, 끄아아아악!"

"컥!"

그리고 끝내 마지막까지 남아 있던 사람들이 황금색 궤

적에 꽂혀 몸을 펄떡이다 고개를 떨어뜨렸다. 눈동자에는 지호에 대한 원망이 가득 남아 있었다.

그렇게 죽은 숫자가 무려 3만.

황궁을 수호한다는 병력이 몰살되고 만 것이다.

아니, 이건 차라리 학살이었다.

그렇기 때문일까?

지호의 화안금정에는 수많은 영혼들이 공포에 질린 나머지 저승으로 넘어가지도 못하고 망령이 되어 그의 주변을 맴도는 것이 너무나 잘 보였다.

놈들은 구슬픈 울음소리를 내면서 지호에게 저주를 퍼부어 댔다.

'제천대성, 제천대성, 제천대성, 제천대성.'

'너를 저주한다, 저주한다, 저주한다, 저주한다.'

'그냥 두지 않을 것이다, 것이다, 것이다, 것이다.'

'언젠가, 언젠가, 언젠가, 언젠가.'

'너를, 너를, 너를, 너를.'

'우리처럼 만들 것이다, 것이다, 것이다…….'

지호는 가볍게 코웃음으로 응대했다.

이깟 놈들의 저주 따위로 무너질 것이었다면 진즉에 무너졌겠지. 전생인 손오공일 때도, 그 전인 려일 때도 이보다 더한 전쟁을 숱하게 벌였을 테니까.

죄책감 따윈 없었다.

그저 무덤덤했다.

마치 당연하다는 듯이, 어느새 그렇게 받아들이고 있었다.

"이젠 너만 남았네?"

피로 가득한 대지에, 어린 황제와 그를 등에 업은 환관만이 섰다.

어린 황제는 이미 이 끔찍하기 짝이 없는 광경에 졸도하고 말았는지 흰자위가 뒤집혔다. 태감은 이를 악물며 지호를 노려봤다.

"당신은 흉신으로 기록될 것이오."

"바라던 바야."

"당신을 따르던 모든 신도들이 등을 돌릴 것이오."

"얼마든지."

"악업이 쌓이다 못해 당신의 영혼까지 어둡게 물들일 것이니……! 신인은 마귀가 되어, 그대가 여태 쌓은 모든 공업이 무너질 것이란 말이외다! 그것이 무엇을 의미하는지 전혀 모른단 말이오?"

"알고 싶은 생각, 없어."

"미쳤소……! 당신은 미쳤어!"

"너희들이 나를 이렇게 만들었잖아?"

그는 말문이 막혀 더 이상 말도 나오지 않았다.

"흉신이든 마귀든, 남들이 날 가리켜서 뭐라 손가락질을 하건 간에 관심 없어. 난 그저 내 사람이다 싶은 이들만 중요할 뿐이니."

지호는 손길을 뻗어 녀석의 머리통을 움켜쥐었다.

녀석은 어떻게 저항할 생각도 하지 못했다.

이미 가진 바 실력은 웬만한 선인들을 뛰어넘을 정도였지만…… 그조차 지호 앞에서는 빛 좋은 개살구에 지나지 않았다.

꽈아아아악!

고통이 몰려왔다.

손가락 사이로 녀석의 두 눈이 증오와 분노로 활활 타올랐다.

"그대는 절대 오래가지 못할 것이오. 상제도, 여래도 적으로 돌린 이상, 그대가 머물 수 있는 곳은 어디에도 없음이니. 여기에 있는 마자들처럼, 그대도 어딘가에 정착하지 못하고 평생 떠돌아다니다 쓸쓸히 죽어야만 할 것이오. 그때까지 내 말, 똑똑히 기억해 두시오……!"

"그러지. 저쪽으로 가거든 나 대신 오공과 염라에게 내 안부나 잘 전해. 혜가의 어린 동자승."

지호는 그대로 손에 힘을 주었다.

퍽!

녀석의 머리통이 으깨졌다.

머리를 잃은 시신이 바닥에 아무렇게나 널브러졌다.

그러자 등에 업혔던 어린 황제가 볼썽사납게 바닥을 구른다. 넋이 반쯤 나가 있던 녀석은 외부 충격에 의식을 되찾고 주변을 두리번거렸다.

혹시 자신이 봤던 게 꿈이 아니었을까 하는 막연한 기대.

하지만 지호와 눈이 마주친 순간 얼어붙었다.

꿈이 아닌 현실이라는 것을 알게 된 것이다.

녀석은 덜덜 떨면서도 의젓함을 가지려 했다. 천자로서의 위엄을 보이려 목에 빳빳하게 힘을 준다. 하지만 지호를 담은 눈동자는 떨리기만 했다.

"지, 짐은 천자니라! 하늘의 아들이다! 이 세상을 다스리는 황제란 말이다! 지금이라도 잘못을 시인하고 용서를 구한다면 차, 참작할 것이다."

지호가 입술 끝을 비틀었다.

세상 물정 하나 모르면서 잘난 척만 해 대는 자에 대한 냉소. 비웃음.

"고작 이런 놈 때문에 그 지랄을 떨었던 거야……? 하! 진짜 기가 막힌다. 기가 막혀."

"놈! 감히 어느 안……!"

"닥쳐."

"······!"

자신이 대체 언제 이런 취급을 받아 봤겠는가.

어린 황제의 안색이 시퍼렇게 질렸다.

"하고 싶은 말은 굴뚝같은데······ 됐다. 너 같은 애새끼랑 말싸움해 봤자 누가 알아줄 것도 아니고. 그래도 한 가지만 알아 둬라."

어린 황제는 슬금슬금 몸을 뒤로 물렸다.

"멍청한 것도 죄다. 특히 위정자는."

지호는 어린 황제의 뒷덜미를 낚아채고 신도들이 있는 곳으로 던졌다.

이미 잃은 가족들에 대한 생각으로 눈물을 펑펑 쏟아 대고 있던 신도들은 자신들 앞으로 황제가 데구루루 굴러오자 흠칫 놀랐다.

아무리 황실과 조정에 대한 분노가 컸어도 황제는 황제.

왕이 곧 하늘이며 왕이 주인이라는 왕정(王政)이 당연하다 여겨진 백성들에게는, 두려움을 부르는 존재였다.

하지만 지금 그들의 눈에 비치는 자는 조금 달랐다.

공포에 질려 덜덜 떨기만 하는 어린아이.

동네 어디에서나 쉽게 볼 수 있는 그런 흔한 아이였던 것이다······.

"……우린 여태 이런 아이에게 농락당했던 건가?"

"고작 이따위에게……?"

"어린애 때문에 우리 수정이가 죽었다고?"

어디선가 터진 한 마디에 분노가 물밀 듯이 닥친다.

어린 황제는 벌벌 떨었다. 바지가 이미 축축하게 젖어 노린내가 났지만 어떻게든 소리친다.

"지, 짐은……!"

"으아아아아아! 네놈 때문이야! 네놈 때문이라고!"

"죽어!"

군중들은 어린 황제에게로 달려들었다.

뒷덜미를 잡아 질질 끄는 자들, 멱살을 잡고 흔드는 자들, 몽둥이를 갖고 와 내려치는 자들, 울분을 토하면서 발로 짓밟는 자들…….

어린 황제의 절규가 퍼졌지만 곧 군중의 성난 목소리에 묻혀 사라진다.

사람들이 이성을 되찾았을 때는 이미 한참 시간이 흐른 뒤였다.

어린 황제가 있던 자리에는 잘게 다져진 고깃덩이만 남았을 뿐.

그리고 여태 그들을 지켜보던 지호가 천천히 일어나 가까이 다가갔다.

사람들은 지호를 발견하고 허겁지겁 엎드렸다. 모시는 신을 영접했으니 인사를 하려는 것이다.

하지만 지호는 고개를 가로저었다.

"나의 어린 양들아, 고개를 숙이지 말지어다."

지금은 신으로서 이들을 맞아야 하는 자리.

육성이 아닌 신의 목소리를 낸다.

신도들은 엎드리려다 말고 몸이 쭈뼛 굳었다. 보이지 않는 힘이 그들을 강제하고 있었다. 어쩔 수 없이 천천히 고개를 들어 지호를 올려다봤다. 화안금정과 마주쳤다.

쩌어엉!

그 순간, 가슴속에서 상쾌한 뭔가가 탁 트이는 게 느껴졌다.

"아!"

"이, 이건……?"

청량함을 자랑하는 기운은 중단전에서 시작되어 척추를 따라 상단전으로 올라가 머리를 개운하게 만들었다가, 몸 전체를 돌면서 곳곳에다 활기를 불어넣었다.

분노와 슬픔으로 가득했던 머릿속이 밝아진다. 피로로 축 처졌던 몸이 갓 일어난 것처럼 힘이 가득 실리고, 몸에 자잘하게 입었던 상처는 금세 아문다.

그야말로 신만이 가능할 이적.

수만 명에 달하는 군중은 밝은 빛으로 가득 찬 몸을 보면서 희열에 잠겼다.

"시, 신인께서 은총을 내리셨다……!"

"아아아아! 신인이시여. 감사하나이다."

특히 호교위영들은 눈을 파르르 떨었다. 경악에 가득 찼다.

"이런 일이…… 정말 가능하단 말이야……?"

호교위영들은 대부분 광명종의 신도가 아니지만 그들의 따스한 마음을 보고 가담하게 된 이들.

따라서 그들은 지금의 기운을 '위대한 아버지'인 신인이 내린 따스한 손길로 받아들이는 신도들과는 달랐다.

그들이 느끼기에 가슴에서 트인 기운은 분명 선천지기였다.

자연의 근원이자, 생명의 근간을 이룬다는 선천지기.

본디 인간은 태어났을 때에 아주 극소량으로 가질 수 있을 뿐, 단순히 운기조식으로도 쌓을 수 없다. 다룰 수 있는 것은 드높은 경지에 오르는 방법밖엔 없었다.

그런 선천지기가, 그것도 엄청난 양이 봇물처럼 샘솟으며 그들의 몸속을 몇 번이고 회전한다.

그러면서 여태 뚫지 못했던 혈도가 뚫리고, 기맥이 굵어지고 탄탄해지며, 탁기를 모두 녹이면서 몸을 깨끗하게 만들었다.

그러다 끝내 여태 쌓았던 내공도 모두 선천지기와 융화되어 단전에 천천히 안착되니.

단단하게 밀집된 내단이 만들어졌다.

벌모세수? 환골탈태?

무도에 든 자로서 모두가 바라 마지않는다는 기연을 얻은 것이다.

결국 호교위영들은 이곳이 어떤 자리인지도 잊은 채 아예 제자리에 가부좌를 틀었다.

특히 정윤 같이 도를 닦은 도사들은 이게 무엇을 의미하는지 잘 알고 있었다.

신성(神聖)의 발현.

신인 본인이 지니고 있던 신성의 조각을 일부 떼어다가 강제로 그들에게 심어 준 것이다. 도가에서는 달리 이것을 선단(仙丹)이라고 불렀다.

선인이 될 수 있는 씨앗.

반드시 깨달음을 얻어야만 얻을 수 있는 경지를, 몇 단계나 단숨에 초월하여 앉게 되었으니 가슴이 진정되질 않았다.

지호는 그들에게 선도(仙道)의 문을 열어 주고 있었다.

"그대들이 나를 대신해 이 아이들을 지켜 주지 않았더냐. 내 일신의 능력이 부족하여 해 줄 수 있는 것이라고는 고작 이것밖에는 되지 않으니. 부디 책망하지는 말아 다오."

호교위영들은 다시 몸을 부르르 떨었다.

신들조차도 함부로 여길 수 없는 것이 '업'이고 '신성'이라 들었는데, 그것을 나눠 주면서도 더 많이 챙겨 주지 못해 미안해 할 줄이야.

그들은 선기가 주는 희열과 황홀에 한껏 젖으면서 자신들에게 주어진 선물을 천천히 제 것으로 만들어 나갔다.

＊　　　＊　　　＊

호교위영들이 자신들에게 주어진 기연을 모두 갈무리하고 다시 두 눈을 떴을 때, 새하얀 광망이 주변을 환하게 밝혔다가 조용히 사그라졌다.

그때 그들의 눈에 비친 것은, 다 같이 기도를 하는 신도들과 그들 사이를 오고 가면서 희생된 신도들의 눈을 일일이 손으로 덮어 주는 지호의 모습이었다.

신도들은 중앙에 커다란 원을 비워 둔 채 둥글게 모여 한쪽 무릎을 꿇고 알 수 없는 말을 연신 외워 댔다.

아마도 순교자들이 죽어서 만큼은 원하는 곳에 갈 수 있도록 비는 것이리라.

지호가 눈을 덮어 줄 때마다 순교자의 시신은 환한 빛무리에 젖었다가 곧 고운 입자가 되어 파스스 흩어졌다.

그 모습이 한없이 성스럽기 그지없어서, 호교위영들은 한참이나 넋을 잃고 바라만 봐야 했다.

아마도 성화(聖畫)를 그려 놓으면 이렇지 않을까?

무릎을 꿇으며 슬픈 눈빛으로 순교자들의 얼굴을 쓰다듬는 그의 모습은, 보는 이로 하여금 애틋함과 안타까움, 그리고 말로 표현할 수 없는 어떤 감정을 가져다줬다.

이것이 아마도 신심(信心)이리라.

아주 잠깐 동안, 정윤을 비롯한 호교위영들은 서로 눈빛을 주고받았다.

사실 그들 대부분이 다른 신들을 모시던 사제들.

하지만 이것을 보고도 그냥 지나칠 수 없었다.

그들에게 선도의 길을 열어 준 은혜와 신도들을 따스하게 여기는 모습을 두고 어찌 마음이 동하지 않을 수 있을까.

결국 호교위영들은 별다른 말을 하지 않고서도 약속이라도 한 듯이 다른 신도들처럼 한쪽 무릎을 꿇었다. 기도를 따라 외우면서 순교자들이 좋은 곳으로 갈 수 있게 빌고 또 빌었다.

그리고 모든 의식이 끝났을 때,

"고개를 들라."

호교위영은 그 말에 따라 고개를 들어 지호를 올려다봤다.

지호의 전신은 은은한 광휘로 빛나고 있었다.

"굳이 그대들까지 억지로 동참할 필요는 없느니라. 은혜 때문이라 여기는 것이라면 그럴 필요 없도다. 이 몸이 그대들에게 준 것은 어디까지나……."

하지만 지호의 말이 끝나기도 전에,

처처척.

호교위영은 다시 눈을 감고 손을 모았다.

그것은 단순한 은인에 대한 감사한 표시가 아니었다.

자신들이 모시는 신에 대한 경배.

개종(改宗)을 알리며 신에게 바치는 기도였다.

정윤이 대표로 입을 연다.

축문을 외웠다.

"이제부터 저희들은 당신의 신실한 종이나이다."

"그러니 위대한 아버지시여."

"부디 저희들의 어리석음을 밝음으로 쫓아 주시옵고."

"방황하는 저희들에게 길을 비추어 주시옵소서."

"또한, 당신의 무한한 광명이 세상을 두루 비추시어."

"당신의 어린 양들이 당신의 따스한 품 안에 살도록 허락해 주시옵소서."

그렇게 서약을 마친 존재가 모두 일백여 명.

그중에서도 선인의 경지에 오른 자는 정윤을 비롯해 12명이나 되었다.

본래 오백 명이 넘던 호교위영들은 이제 이 정도밖에 남지 않았으나, 그들 개개인의 무력은 이전의 호교위영 전체에 비할 바가 아니었다. 하물며 선인이 된 이들도 있음에야.

이들은 막 선인의 경지에 들어서게 된 것이니.

지호는 굳이 이전의 모시던 신을 저버리고 자신을 따를 필요가 없다고 말을 하려다, 그들의 눈이 말하는 진심을 읽고 고개를 끄덕였다.

그리고 입을 열었다.

"하면 그대들에게 처음으로 명을 내리겠노라."

정윤이 대신 대답한다.

"말씀하시옵소서."

"우선 아이들을 데리고 이곳을 빠져나가거라.
곧 이곳의 소식을 듣고 황도의 병사들도 한데 모
여들 터."

자홍성에만 금의위가 있는 것이 아니다.

도리어 외부로부터의 침입을 막기 위해 황도 외곽에 주
둔해 있는 병영이 훨씬 많았다.

그 숫자만 10만.

이들이 움직인다면 위험할 수밖에 없다.

물론 이 역시 지호가 나선다면 충분히 물리칠 수 있을 것
이나, 당장 그에게는 그럴 겨를이 없었다.

지호는 고개를 들어 여전히 싸움이 벌어지는 하늘을 봤
다.

"또한, 나는 저 어리석은 것들을 물리쳐야 하나
니. 너희들이 안전한 곳에서 쉬고 있으면 머지않
아 곧 찾아가겠노라."

"알겠나이다."

갓 선도에 들었다고는 하나, 선인이 된 12명의 호교위영
모두 지호의 선택을 받아 웬만한 이들을 아래로 볼 정도가
되었으니 10만의 군세라 해도 큰 걱정은 없을 터였다.

그렇게 신도들의 움직임이 시작되었다.

지호는 끝까지 그들을 따라가 주고 싶다는 생각을 억지로 붙들어 맨 채, 다시 고개를 위로 들었다.

하늘에서 벌어지는 싸움은 백중지세.

천불들이 석가의 사리를 들고 있다는 걸 감안한다면 오히려 이쪽이 승세를 잡고 있는 게 분명했다. 하물며 사리도 서서히 빛을 잃어 가고 있으니 조금만 더 밀어붙이면 될 듯싶었다.

그때,

촤아아아아악!

갑자기 하늘에서 뭔가 잘려 나가는 소리와 함께 지상으로 피가 쏟아졌다.

붉은 피가 아닌, 밝은 빛이 감도는 순백색의 피가.

"수처어어어어어어언!"

나찰천의 울음소리가 하늘을 울렸다.

"그새 한 명 잡았네."

지호가 차갑게 웃으면서 하늘을 향해 공력을 뿌리려 하는데, 갑자기 이상한 목소리가 들렸다.

「시주…….」

혜광심어.

마음으로 뜻을 보내는 불가의 무학에, 지호는 눈을 동그랗게 떴다.

익숙한 목소리였다.

「이만 화를 가라앉히시지요…….」

지호는 반대쪽으로 시선을 돌렸다.
"혜가?"

*　　　*　　　*

"수처어어어어어어언!"

이예는 손에서 뭔가가 힘없이 툭 떨어지는 걸 보고 피식 웃었다.

"그새 끝났나? 생각보다 끈질기진 못하군."

그의 오른손에는 잘린 수천의 수급이 들려 있었다.

수급에선 순백색의 피와 함께 얼음 조각이 뚝뚝 떨어졌다. 격전의 흔적이었다.

수천은 꽤나 끈질겼다.

아수라로서의 힘을 드러내고, 절대영도까지 발현하면서 이예와 충돌했으니까.

하지만 그녀의 솜씨도, 극한(極寒)을 품은 달의 힘을 당해 내지는 못했다.

더 높은 신위의 차이.

이예는 전투 내내 압도적인 무력으로 수천을 몰아쳤다.

절대영도를 발휘하면 신위로 찍어 누르고, 격투를 벌이면 그것을 고스란히 돌려줬다. 심장을 부수고, 폐를 가르며, 목을 찌르기를 수차례.

그때마다 수천은 석가의 사리를 이용해 부활을 시도했지만, 그마저도 한도가 다해 사리에서 불이 꺼졌다. 결국 목이 잘려 나갔다.

파스스.

모래 알갱이가 흩어지듯 수천의 머리와 몸뚱이도 힘없이 부서지더니 아래쪽, 지호가 있는 곳으로 향했다.

봉신이다.

이예가 지호와 심령으로 연결이 되어 있는 까닭에 그가 빚은 결과도 지호에게로 전가되는 것이다.

"이 노오오오오오오옴!"

나찰천은 이를 보다 못하고 분노를 잔뜩 토했다.

전신이 더 시커먼 암흑에 젖으면서 형체조차 남지 않는다. 마치 사람의 모습을 한 그림자가 움직이는 것처럼 이예에게 달려든다.

"웃기는군."

이예는 가소롭다는 듯이 코웃음을 치더니 단도처럼 들고 있던 소중을 바로잡아 동궁의 시위에다 걸었다. 나찰천이 간격을 좁혀 오지만 물러날 생각을 않는다.

시야에 녀석이 제대로 잡혔을 때, 시위를 손에서 놨다.

퍼어어어어어어엉—

팽팽하게 뒤로 접혔던 동궁이 튕기면서 매서운 속도로 소중이 쏘아지더니, 나찰천의 안면으로 치달았다.

쩌거거거거거걱!

이미 수천이 어떻게 당했는지를 지켜봤던 나찰천은 화살이 품은 냉기에 휩쓸리지 않으려 고개를 옆으로 홱 하고 젖혔다.

하지만 소중은 옆을 통과하지 않고 그대로 폭발했다.

"제길……!"

어마어마한 혹한이 휘몰아친다. 허공에 있던 수분을 모조리 응결시키면서 나찰천의 오른팔을 바짝 얼렸다.

절대영도와는 비교도 할 수 없는 냉기.

나찰천은 과감히 왼쪽 손날로 오른팔을 자르면서 축지를 밟았다. 빙독(氷毒)이 체내로 침투하는 걸 막고자 함이었다.

"놈! 절대 용서치 않겠다!"

하지만,

"할 수 있으면."

퍼퍼퍼펑! 퍼펑! 퍼퍼퍼퍼퍼퍼펑!

이예는 침착하게 소총을 계속 쏘아 댔다.

나찰천이 연신 축지를 밟아 무작위로 나타나더라도, 그때마다 녀석의 행동을 예측해 미리 장소를 선점한다.

"젠장! 젠장! 제에에에엔자아아아앙! 어째서 내가 있는 곳을 알아낼 수 있단 말이냐아아아아!"

나찰천으로서는 미치고 환장할 노릇이었다.

대체 어떻게 이리도 위치를 정확히 파악할 수 있는 건지. 공간을 열고 나타날 때마다 몰아치는 냉기 때문에 뼛속까지 얼어붙을 정도였다.

그때마다 살점을 도려내도 빙독은 착실히 영혼까지 침투하고 있으니.

이미 그는 얼음을 잔뜩 뒤집어쓰다시피 했다. 그럴 때마다 녀석을 둘러싼 그림자도 더더욱 짙어져 어느새 입가까지 점령한 상태였다.

악령 호자가 착실히 그의 영혼을 탐식해 나가고 있는 것이다.

하지만 나찰천은 분노에 이성이 완전히 마비되어 그런 것을 전혀 눈치채지 못했다.

화아아아악!

때마침 석가의 사리가 빛을 발하며 나찰천에 누적된 빙독을 모두 거둔다.

이제는 사리의 빛도 거의 꺼져 갔지만, 나찰천은 그쪽을 눈치챌 겨를이 없었다.

'방법이, 방법이 있을 것이다……!'

고민을 하는 사이에도 이예의 공세는 그치지 않았다.

도망치고, 도망치고, 또 도망친다.

그럴 때마다 소중이 눈이라도 달려 있는 것처럼 달려와 따라붙으니, 그럴수록 나찰천의 분노도 점차 짙어져 호자의 영역도 더 넓어졌다.

다른 천불들도 상황이 답답하긴 매한가지였다.

「후후! 호세천부가 고작 이 정도는 아닐 텐데?」

「천계가 아닌 하계라서 그렇다는 핑계는 대지 않는 게 좋을걸. 그렇다면 우리 상태도 그리 좋진 않으니까.」

「그래도 간만에 이렇게 날뛰어 보니 기분은 좋아.」

「뭐하는가, 다들? 어서 우리들을 잡아내지 않고.」

희뿌연 유령 같은 것이 화천과 풍천을 쉴 새 없이 맴돈다.

일정한 형체가 없어 물리적 타격도 가해지지 않는다. 그런 주제에 신성의 파편을 지니고 있어 어렴풋하게 신격을 드러내어 그들에게 번번이 피해를 입힌다.

"허신(虛神)이라니…… 하!"

"제천대성이 대체 무슨 수를 쓴 거지?"

상고 시대에는 수많은 신들이 있어 자웅을 겨루다 도태되고 만 자들이 많다.

지호가 흔히 '잊힌 신'이라고 여기는 이들.

하지만 천불은 그들을 달리 부른다.

허신.

허무에 떨어진 존재들이라고.

허신은 일개 파편에 지나지 않는다. 제 존재를 떠올리지 못하는 경우가 허다하며 평상시에는 삼라만상에 녹아 의지를 내비치지도 않는다.

그저 예전에나 영광을 날렸던 자들.

분명 그럴 것인데…… 대체 이 상황을 어떻게 설명해야 할까?

소호 금천이 돌아온 것만 해도 놀랄 일이건만.

분명 어렴풋한 형상만 남은 찌꺼기였을 이들이, 신격을 모두 되찾지 못해 이름조차 가질 수 없는 놈들이, 숫자를 계속 불리고 천천히 존재를 갖춰 나간다면?

그러다 끝내 신격을 되찾아 원래의 위용을 찾아낸다면.

그때는 이들을 어떻게 당해 내야 하는 걸까?

아니, 그보다,

'제천대성이 어떻게 이들을 부릴 수 있는 거지?'

허신은 대부분 천신에도, 마신에도 가담하지 않고 홀로 지내다 끝내 사라졌을 만큼 고고한 자들.

그런 이들이 한데 모인 것으로도 모자라 이리도 충실히 지호를 따르는 이유가 무엇일까?

'수보리가 이들을 강제로 쓰려 한 것 때문에? 원한을 가지게 되어서?'

아니, 단순히 그런 걸로는 설명이 안 된다.

다른 방식으로 복수를 하려 할지언정 다른 사람의 밑으로 들어갈 사람들이 아니었다. 더군다나 대체 무슨 수를 쓴 건지 신격마저 되찾아 가고 있지 않은가.

이 상황에서 확실해진 것은 단 하나.

'우리들은…… 너무 큰 적들을 두게 되고 말았어.'

생각은 오래가지 않는다.

파바바바바밧!

화천과 풍천은 다시 몸을 움직여야 했다.

"제천대성은…… 이미 빛의 한계를 넘어서고 있었던 건가?"

제석천은 화안금정으로 전장을 모두 파악하면서 허신이

신격을 되찾아 가는 이유를 알아챘다.

소호 금천이 웃는다.

"그 정도 그릇이 안 되고서야 어찌 이 소호의 주군이 될 수 있겠나?"

"그래도 '가능성'이라니……!"

이건 단순히 신위의 문제가 아니다.

그 이상을 넘어가고 있었다.

오로지 삼라만상만이, 여와만이 손댈 수 있을 '개념'의 영역으로 진화를 하는 중이라니!

그러한 높이는 석가여래도 아직 잡지 못한 것인데.

지호는…… 홀로 비로자나불이 되어 가고 있었다!

채채채채채챙!

붉게 달아오른 검이 매서운 속도로 휘몰아친다. 공간이 그어질 때마다 무지막지한 열풍을 토해 내며 제석천을 불사르려 한다.

제석천은 일일이 옆으로 쳐 내면서 이를 꽉 깨물었다.

'제천대성은 우리가 생각했던 것보다 훨씬 심각하다. 놈을 이대로 둔다면 머지않아 옥황상제보다도 더한 걸림돌이 될 것이다.'

이미 지상에서는 여태 하계에서 쌓았던 모든 것들이 무너지고 있었다.

금의위가 몰살당하고 어린 황제도 죽었다. 그것으로도 모자라 지호는 자신의 신도들에게 힘을 나눠 주면서 이곳을 빠져나가라 말하고 있었다.

저들이 세상에 풀어진다면 또 세상은 한바탕 뒤집어지겠지.

계속 커지는 위기감이 제석천을 자꾸만 조바심이 들게 만든다.

하지만 소호 금천은 절대 길을 내주지 않았다.

"무엇을 우려하는지는 잘 알겠네만, 그래도 다른 한눈은 안 파는 게 좋을 걸세. 이래 봬도 쓸데없는 자존심은 세서 말일세."

차아아아아아앙!

검과 금강저가 한 차례 세게 부딪치다, 둘은 한참이나 벌어졌다.

제석천의 얼굴에는 짜증이 가득했다.

일이 계획대로 풀리지 않는다는 것에 대한 분노.

하지만 제석천의 계획은 거기서만 헝클어지는 게 아니었다.

화아아아아아—!

순간, 갑자기 그들의 머리 위로 새하얀 빛기둥이 내려오더니 지상에 조용히 내려앉았다.

제석천의 두 눈이 부릅떠지며 그쪽으로 향한다.

저곳은 분명 혜가가 갇혀 있는 곳일 텐데?

"설마 관세음까지……!"

어이가 없다는 듯, 제석천은 헛웃음을 흘렸다.

"하! 하하! 정말이지 가지가지 하는군."

소호 금천이 입꼬리를 말아 올렸다.

"아무래도 우리 주군께서 한 건 해내신 것으로 보이네만. 이래도 계속할 텐가?"

제석천이 눈살을 찌푸리며 소호 금천을 노려본다.

"무슨 말이지?"

"이렇게 계속 의미 없는 싸움을 할 거냐 말일세. 뭐, 우리야 아무래도 상관없네만. 자네들이 조금 걱정이구만. 호세천부가 절반이나 날아간 부처 일파라…… 좀 안타까워서 말일세."

"우릴 우롱하는 건가?"

소호 금천이 어깨를 으쓱였다.

"그럴 리가 있겠나."

"……"

제석천은 입을 꾹 다물었다.

난장판이 되어 버린 황궁. 풀려난 광명종. 꺼져 가는 사리. 봉신된 수천. 그리고 깨어난 관세음.

하나부터 열까지 전부 엉망이었다.

이제는 인정하지 않을 수 없었다.

'준비가 부족했다.'

모든 걸 전부 원점으로 되돌려야 했다.

바드득.

으스러져라 이를 잔뜩 간다.

그러다 제석천은 몸을 반대로 돌렸다.

『모두들, 돌아간다.』

곳곳에서 반발이 터졌다.

"제석!"

"지금 여기서 물러난다면……!"

『이의는 받지 않겠다.』

제석천은 자신이 들고 있던 석가의 사리를 높이 들었다.

우우웅, 짧은 진동과 함께 빛무리가 터지면서 나찰천과 풍천, 화천을 감쌌다.

나찰천은 사라지기 전에 잔뜩 일그러진 얼굴을 하고서 이예를 노려봤다.

"다음에는…… 네놈의 모가지도 잘라 주지."

"말만 많군."

화천과 풍천은 어느덧 형상을 갖춰 가는 허신들을 보다 몸을 돌렸다.

파스스.

사라지는 그들을 배경으로 한 채, 제석천이 소호 금천에게 말했다.

"다음번에는 이리 쉽게 끝나지 않을 것이다."

"그때는 이쪽도 만반의 준비를 갖춰 놓도록 하지."

소호 금천은 끝까지 여유로웠다.

제석천은 영 탐탁지 않아 하는 얼굴을 마지막으로 자취를 감췄다.

이예는 축지를 밟아 소호 금천 옆으로 이동했다.

"싸움이 조금만 더 길어졌어도 골치 아파질 뻔했습니다."

"왜 아니겠나. 허허허!"

웃음을 터뜨리는 소호 금천의 몸이 갑자기 흐릿해진다.

"흠! 역시 아직은 현현(顯現)하기에 여러모로 부족한 것 같아."

사실 소호 금천은 아직 완벽한 신격을 되찾은 것이 아니었다. 지호에게서 태양의 신위를 받아 억지로 각성하긴 했지만 여러모로 부족했다.

그런데 제석천을 상대하느라 많은 힘을 소비하고 말았으니.

이예도 마찬가지.

갑작스레 지호의 부름을 받고 하계에 내려온 까닭에 아직 달의 신위를 온전히 다루는 게 아니었다.

제석천 역시 그걸 꿰뚫어 봤기에 후퇴를 선택했다.

이대로 싸워 봤자 결과는 공멸밖에는 되지 않을 테니.

「그래도 간만에 날뛰니 참 재미있었어.」

「앞으로 우리 어린 주군을 따라다니면 이런 일들을 여럿 겪으려나?」

「반가웠다고, 친구.」

허신들이 이예에게 가볍게 손을 흔들며 사라진다.

"아무튼 이리 만나게 되어 반가우이. 이예라고 했지?"

"그렇습니다."

"뒷일을 부탁함세. 어린 주인이 앞으로 고생이 많아질 게야. 부처들도 더 난리를 피울 테고. 위험하다 싶으면 언제든지 부르시게."

"알겠습니다."

"그럼 수고하시게."

이예는 소호 금천이 사라지는 것을 보다가 몸을 돌리며 빛기둥이 내려앉은 쪽으로 몸을 날렸다.

*　　　*　　　*

혜가.

이 세상을 부처의 뜻에 맞게끔 바꾸겠노라 마음먹었던 제석천과 수보리 등에 유일하게 반기를 든 자.

본래대로라면 그는 살아남지 못했을 것이다.

아무리 깨달음이 깊고 현재 정토 내 선인들 중에서 가장 신위에 오를 만한 높은 자격을 지녔더라도, 제석천은 자신의 눈 밖에 난 사람은 절대 용서치 않는 성격이었다.

하지만 제석천도 혜가를 함부로 건드릴 수가 없었다.

혜가의 뒤에 서 있는 존재 때문에.

관세음.

달리 관음관재, 혹은 천수관음이라 불리며 가장 높은 부처라는 미타삼존(彌陀三尊) 중 한 사람.

석가여래의 좌측에 앉아 대자대비한 마음으로 중생이 구원을 해 달라고 청하면 들어준다는 존재. 당연히 그에 대한 신앙은 클 수밖에 없고, 지닌 바 능력도 호세천부를 능가할 정도였다.

문제는 관세음이 오래전부터 호세천부가 하는 일들을 마땅치 않게 여긴다는 점이었다.

둘은 사사건건 부딪칠 수밖에 없었고, 그때마다 호세천부는 왕왕 자신들의 의지를 꺾어야 했다.

그러던 차에 관세음이 갑자기 종적을 감췄다.

석가여래의 뜻에 반대한다는 한 마디 말만 남기고서.

어찌 보면 방해꾼이 사라졌으니 호세천부로서는 제 세상이 왔다 여길 수 있을지도 몰랐다.

하지만 현실은 그리 호락호락치 않았다.

관세음이 지닌 발언권이 부처 일파 내에서 작지 않은 데다가, 그가 있어야만 가능한 것도 여럿 있었다.

그렇기에 호세천부는 관세음과 유일하게 통하는 창로인 혜가를 심문하는 정도에서 그칠 뿐, 더한 행동은 취할 수가 없었다.

탁!

"꼴이 말이 아니네."

지호는 자홍성에서도 가장 지하에 있는 암굴에 도착했다.

그런 격전 속에서도 용케 버텼는지, 먼지가 가득했다.

혜가의 상태는 좋지 않았다.

벽면에 쇠사슬로 걸린 채 고개를 축 늘어뜨린 혜가에서는 구더기가 끓고 지린내가 진동해 댔다. 정말 살아 있는 것인지 의심스러울 정도로 엉망이다.

목숨에 위해를 끼치지 않는다고 해서 심문이 쉬운 것만 있지는 않았을 터.

정신적으로 극한 상황에 몇 번이고 내몰린 듯했다.

혜가가 지호의 목소리를 듣고 겨우 고개를 들었다.

"오실 줄…… 알았소이다."

혜가의 입가에 살짝 미소가 걸렸다.

지호는 손날을 바짝 세워 혜가를 속박하고 있던 쇠사슬을 모두 끊었다.

챙! 챙!

혜가가 힘없이 바닥에 주저앉는다.

못 본 지 백 년이 지났다지만, 선인에게 세월쯤은 별것도 아니었을 텐데.

이상하게 깡마른 혜가의 모습은 수십 년 세월의 풍파를 맞은 것처럼 고독하고 쓸쓸해 보였다.

"미련하게 이런다고 해서 네 제자 녀석이 조금이라도 생각을 바꿀 줄 알았어?"

"……막내 아이의 이야기라면, 뵐 면목이 없구려. 허허 허허허."

제자를 떠올리는 혜가의 웃음소리에서는 안타까움이 묻어났다.

지호는 그들 사이에 무슨 일이 있는지 어렴풋이 알 것 같았지만 내색하지 않았다.

그건 어디까지나 그들 사이의 일.

지호는 광명종의 일만 하더라도 벅찼다.

"양팔을 뻗고, 편안히 있어."

혜가의 몸은 이미 엉망이었다. 근골이란 근골은 죄다 부서져 앉아 있는 것도 고통스러워 보였다.

지호는 자세를 바로잡아 주면서 등에다 장심을 갖다 댔다.

기운을 불어 넣으니 녀석이 찌르르 몸을 떤다.

청아한 기운.

불가의 법력과는 이질적일 수밖에 없을 테지만, 이상하게 기운은 아무런 충돌 없이 혜가의 몸속에 녹아 상처를 치료하고 호흡을 안정시켰다.

혜가는 한결 편안해진 안색으로 지호를 올려다봤다.

"시주께서는…… 못 본 사이에 너무 많이 달라지셨구려."

"글쎄."

"정말 많이 달라지셨소이다."

"그럼 그렇다 쳐."

지호는 퉁명스러웠다.

혜가가 살짝 입가를 벌리며 웃었다. 그러다 쓸쓸한 어투로 말했다.

"시주께는…… 여러모로 드릴 말씀이 없소이다. 미안하

고 또 미안하기만 할 뿐."

"……."

"그 평화롭던 곳이 단 몇 년 새에 이리 되어 버리고 말았으니……."

"신경 꺼."

지호는 기운을 혈관 안쪽으로 유도하면서 찢긴 기맥과 혈도를 매만졌다.

"어차피 언제고 벌어졌을 일이었어. 그저 시간이 조금 빨라진 것일 뿐."

사실 어찌 보면 불가는 촉매제에 불과했을 뿐이었다.

명교는 대륙 전체를 뒤덮는다.

그리고 교세는 나날이 확장을 더해 가면서 서서히 편협해지는 양상을 폈다. 다른 종교를 억압하고 배타시하는 경우도 왕왕 있었다.

그러다 보니 견제를 할 곳이 없어 안에서부터 썩을 수밖에 없는, 그런 구조였다.

동승신주를 보라.

옛날에 부흥하던 종교들이 어찌 변질되었는지를.

대표적으로 로마에 의해 빈곤하게 살던 속주민들은 예수라는 메시아를 만나 마음의 안식처를 얻었지만, 가톨릭은 자리를 공고히 하면서 수많은 부패에 홍역을 앓아야만 했다. 끝내는 배타적이게 되면서 신의 이름을 팔아 면죄부를 발행하거나 이슬람과 십자군 전쟁을 치르지 않았던가?

그런 것을 방지하고자 애를 썼다지만, 제대로 작동하지 않았던 것이다.

어쩌면 차라리 잘 되었는지도 몰랐다.

신의 이름을 팔아 제 사리사욕을 채우는 이들이 대부분인 이때, 정말 신실한 이들만을 모아 다시 처음부터 시작하는 게 나았다.

설사 태감이 저주한 대로 자신은 길이길이 흉신으로 남게 될지라도.

그 많던 신도들이 등을 돌리고, 신앙이 깎일지라도.

지호로선 아무런 미련도 없었다.

'여긴 나은이 내게 남겨 준 마지막 선물. 망가지는 걸 보고 있을 순 없어.'

혜가 역시 그런 지호의 마음을 읽은 듯했다.

명교가 어떻게 발흥을 했고, 어떤 역사를 지녔는지 가장 가까운 곳에서 관찰했던 이가 바로 그였으니까.

"시주께서는…… 교를 다시 세우실 요량이시군요."

"어."

"주변의 시선은 보시지 않으실 참이십니까?"

"어."

"시주의 그런 결정으로 세상이 더 망가질 수도 있는 일입니다."

"그래서?"

"허나……!"

지호가 비웃음을 던졌다.

공기가 무겁게 가라앉았다.

"신경 끄라고 했을 텐데?"

"……!"

"저들을 용서하라느니, 자비를 베풀라느니, 그딴 자질구레한 말을 입에 담을 생각이라면 너부터 죽여 주지."

"…….."

"이건 어디까지나 내 소관. 왈가왈부할 거면 꺼져."

"…….."

혜가는 입을 열려다 말고 꾹 다물고 말았다. 눈동자가 흔들린다.

지호가 한쪽 입꼬리를 말아 올렸다.

"그래도 내가 관세음에게 진 빚이 있기 때문에 이렇게 너를 돕는 것일 뿐. 지금도 너희 부처 일파들은 내게 다르지 않다는 걸 잊지 마."

선은 넘지 말란 의미였다.

"……아미타불, 관세음보살."

혜가는 지그시 눈을 감으며 불호를 외웠다.

벌써부터 머릿속으로 그려지는 듯했다.

지금까지는 시작에 불과했다.

앞으로 또 얼마나 많은 피가 흐르게 될까?

제천대성은 절대 원한을 잊지 않는다.

자신의 것이 다치면 어떻게든 몇 배 이상으로 되갚아 주고, 가슴에 한을 품으면 그것이 설사 세상 전체라 할지라도 맞서 싸운다.

천계가 그로 인해 한바탕 뒤집어지지 않았던가.

그런데 그의 권능이 절대적으로 비치는 하계라면?

무너진 황실의 이야기를 듣고 거병할 의협지사들이며 위험성을 깨달을 여러 종파들, 그리고 권력을 틀어쥐려는 호족들이며 간웅들은 필시 광명종을 희생양으로 삼으려 할 것이다.

그리된다면…… 지호도 묵고하지 않으리라.

그것이 설사 악업의 길이라 할지라도.

그리고 그 첫 시작은,

'우리가 되겠지.'

혜가는 관세음에게 묻고 싶었다.

'보살께서는 이러한 것들을 보고 계셨던 게 아니신지요? 혼란만 더 가중될 속세를 두고, 빈승을 이리 보내신 이유

를…… 빈승은 도통 모르겠습니다.'

어찌 부처의 깊은 마음을 한낱 중 따위가 짐작하겠냐마는, 혜가는 더더욱 가슴이 쓰라려질 뿐이었다.

"그보다 말해. 너희 부처들은 대체 뭘 바라고 있는 거지? 단순히 자물쇠를 얻는 게 목적이라면 이렇게 일을 어렵게 꼴 필요는 없을 텐데?"

"빈승과 같은 어리석은 것이 어찌 부처님들의 마음을 짐작하겠습니까마는……."

"마는?"

혜가는 말끝을 흐리다 고개를 가로저었다.

자신의 어리석은 의견을 내놓아 봤자 혼란만 가중될 뿐이다.

"그렇지 않아도 관세음께서는 직접 시주를 뵙기를 바라고 계십니다."

"관세음이? 나를?"

"예."

지호는 차라리 잘되었다 싶었다.

대체 천계가 어떤 모양으로 돌아가기에 이런 사달이 날 수 있는 건지. 석가여래의 속내가 무엇인지 정확하게 알 필요가 있었다.

그래야 이쪽도 본격적인 전쟁을 시작할 수 있을 테니.

"좋아. 하지만 지금은 안 돼. 신도들을 안전한 곳으로 옮겨 놓고. 그러고 나서 만나러 갈게."

"그건 걱정하지 않아도 되오이다. 관세음께서는 아주 가까운 곳에 계시니."

"무슨 소리야?"

그때 혜가가 천천히 자리에서 일어났다. 이미 단전에서는 다시는 보지 못하게 될 거라고 생각했던 법력이 솟구치고 있었다.

그 힘을 한데 모아, 머리 정수리에 있는 백회혈 쪽으로 유도시켰다.

화아아아!

지호는 순간 반사적으로 나갈 뻔했던 주먹을 눌렀다.

녀석에게서 익숙한 냄새가 풍겼다.

향긋한 연꽃 향기.

수보리에게서 나던 그 냄새다.

지호는 화안금정을 열어 혜가를 따라 은은하게 감도는 배광을 바라봤다.

"혜가의 머릿속에 있었던 건가?"

─그러하단다.

맑고 산뜻한 목소리. 듣는 것만으로도 머릿속이 맑아지는 기분이었다.

혜가는 깊어진 눈을 하고서 입을 살짝 열었다.

─나를 탐하는 이들이 많아 이러는 수밖에는 없었지.

"내가 오기를 기다리고?"

─그래. 그대가 오기를 기다리고.

나라연금강은 불가의 문을 수호한다는 수문장.

어찌 보면 관세음을 지키는 것이 당연하다 할 수 있을지도 몰랐다.

지호는 주변을 둘러보다 턱짓으로 천장을 가리켰다.

"일단 장소가 그러니, 우선 자리부터 옮기지."

─그러지. 이야기가 조금 길어질 듯하니.

*   *   *

지호는 이예에게서 호세천부가 물러났다는 말을 들었다.

"어차피 다른 수를 써서라도 방해를 할 놈들이야. 신경 쓰지 마. 당분간은 해야 할 일이 많을 것 같으니까."

이예는 유독 지호가 차갑다는 생각이 들었다.

자신이 권렴대장에게 당했을 때에도 분명 비슷한 느낌이었지만, 어딘지 모르게 달랐다.

감정을 도려냈다고 해야 할까?

아니면 인간미가 사라졌다고 해야 할까.

본래 지호의 성격이라면 아무리 화가 났어도 어느 정도 여유는 있었다. 예전 같았더라면 자신을 만났을 때 가장 먼저 항아에 대한 안부부터 물었을 것이다. 요즘 부부 사이는 어떤지, 아이는 없는지.

그런데 지금은 유독 다르게 느껴지니.

마치,

'예전의 나 같은······.'

이번 일로 인해 그의 성격이 달라진 것은 아닌 건지.

이예는 그런 지호가 걱정되었다.

*　　　*　　　*

고즈넉한 적막이 내려앉은 산중으로 목탁을 두들기는 소리와 함께 염불을 외는 소리도 같이 울린다.

대륙의 서부에 위치한 사천, 아미산.

불교 사대 명산 중 하나로 손꼽히는 이곳은, 명교가 득세한 오늘날에도 불가의 신앙이 크게 자리를 잡고 있어 하루에도 수백 명씩 불자들이 오르내리는 신성한 장소였다.

하지만 오늘은 유달리 다른 어느 때보다도 엄숙했다.

"아미타불. 죄송합니다. 오늘은 대웅전에 귀한 손님들이

오셔서…… 부득이하게 엄숙해 주셨으면 합니다."

신도들은 '귀한 손님'이 누굴까 궁금해하면서도 대웅전 쪽으로 얼씬도 하지 않았다.

명교가 썩어 가면서 곳곳이 난리인 이때. 이 근방은 아미산의 도움으로 구휼미를 받는 등, 많은 은혜를 입은 상태였다. 당연히 행동에 각별히 조심을 기할 수밖에 없었다.

그 탓에 불상에 조용히 기도만 올리고 내려가는 신도들이 평소보다 많았다.

그러면서 뭔가를 볼 수 있을까 싶어 대웅전 쪽으로 시선을 던져 보지만 아무것도 볼 수가 없었다.

지주스님 허승은 웃는 낯으로 신도들을 일일이 접견하다, 뒤로 빠져나와 대웅전으로 걸음을 옮겼다.

때마침 문 앞에는 한 승려가 누구의 접근도 허락지 않겠다는 듯 우두커니 서 있었다.

그의 제자, 무도였다.

"오셨습니까, 사부님."

"그분들께서는?"

"아직 눈을 뜨지 못하고 계십니다."

"상처가 많이 크신가?"

무도는 무거운 표정으로 고개를 끄덕였다.

"벌써 사숙조 분들 중 여섯 분께서 입적하셨습니다."

허승은 두 눈을 질끈 감았다.

"아미타불……."

입적, 고요함에 든다는 뜻으로 나이 든 고승이 세상을 떠날 때를 부르는 말이니.

벌써 산문을 대표하는 고승들이 여섯이나 눈을 감았다는 뜻이었다.

무도의 얼굴에도 근심이 내려앉았다.

"이대로는 남은 사숙조분들뿐 아니라, 산문 내에 계신 모든 어른들이 입적을 하셔야 할 수도 있습니다. 사부님, 계속 이대로 둬야 하는 것입니까?"

"너도 알지 않더냐. 그분들이 어떤 분들이신지를."

"하지만……!"

"그만하려무나."

"……."

무도는 결국 입을 꾹 다물었다.

허승은 쓸쓸하게 웃으며 제자가 처한 번뇌가 무엇인지 짐작한다는 듯 어깨를 두어 번 두들기다, 대웅전 앞에다 크게 외쳤다.

"소승, 들어가겠습니다."

허락이 떨어지지 않았지만, 허승은 대웅전의 문을 활짝 열며 안으로 들어갔다.

넓은 대웅전 내부에는 여러 사람이 가부좌를 틀고 쭉 둘러 앉아 있었다.

거대한 원에는 네 사람이 있었는데, 그중 한 사람은 기식이 엄엄한 듯 누워 거칠게 숨을 몰아쉬었고, 남은 세 사람은 명상에 잠겨 있었다. 하지만 그들 역시 안색이 창백한 건 매한가지였다.

제법 견식이 넓은 강호인이라면 무슨 일이 벌어지고 있는지를 단번에 눈치챘으리라.

격체전력.

원을 구성하고 있는 사람들이, 자신의 법력과 생명력을 원 안에 있는 이들에게로 전가하고 있었다.

'두 분이 더…… 느셨군.'

허승의 눈꺼풀이 파르르 떨린다.

원을 구성하고 있는 이들은 하나같이 엄숙한 표정을 한 노승들이었다. 기식이 잘 느껴지지 않을 만큼 평온했지만, 허승은 방금 전 두 사람의 영혼이 육신을 떠났음을 깨달았다.

가슴이 쓰라렸다.

저분들 모두가 산문을 이끄는 최고 어른들이시거늘, 별다른 유언도 없이 저렇게 떠나게 해 드려도 되는 걸까.

하지만 입적한 고승 중 어느 누구도 이를 원망하지는 않는다.

도리어 자신들이 쌓은 수양이 곧 다가올 깨끗한 세상에 도움이 되었다는 사실에 만족해할 뿐.

그 뜻을 아는 허승의 마음도 더 무거워졌지만 크게 내색하지 않았다.

그때 중심에 있던 이들 중 가장 안색이 평온한 이, 제석천이 눈을 떴다.

번쩍!

마치 황금색 빛무리가 세상을 밝히듯 안광이 화려하게 반짝이다 차분하게 가라앉았다.

"아미타불. 몸은 괜찮으신지요?"

허승의 인사에 제석천은 쓰게 웃었다.

"이 아이들은 좋은 곳으로 갔으니 너무 그리 노심초사하지 말라. 내 위로 돌아가는 즉시 동자로 삼을 것인즉."

모두 이해한다는 말투.

허승은 더 깊게 고개를 숙였다.

저 금색으로 반짝이는 두 눈을 보고 있노라니, 영혼까지 모두 읽히는 느낌이었다.

"그나저나…… 모두가 꼴이 말이 아니군."

제석천은 여전히 안색을 회복할 줄 모르는 화천과 풍천을 보다, 누워 있는 나찰천을 보았다.

나찰천은 시커먼 기류에 칭칭 감긴 채 몸을 이리저리 비틀어 댔다. 얼굴에 핏줄이 잔뜩 올라와 뭔가에 잔뜩 저항하는 모양새다.

"크헉! 놈! 내 몸에서 떨어지지 못하겠느냐! 흐흐흐, 네가 항상 말하지 않았더냐. 약하면 먹히는 법이라고. 죽인다, 죽인다, 죽인다! 이미 나는 죽은 몸이라니까? 그러니까 어서 내놔!"

분명 혼자서 떠들어 대고 있는 것이건만. 나찰천의 입에서 터져 나온 목소리는 두 개였다.

나찰천과 악령 호자.

둘이서 육신의 지배권을 두고 다투는 중이었다.

호자는 언제나 자유로운 육신을 차지하기를 바라는 바. 평소에는 나찰천에게 고개를 숙이고 있다가도 때에 따라서는 얼굴을 싹 바꾸고 달려든다.

이건 어디까지나 나찰천과 호자가 심상 세계에서 벌이는 싸움이라, 제석천이 어떻게 도와줄 수 있는 것이 아니었다.

그저 나찰천이 지호에게 당한 상처가 크지 않기를 바랄 뿐.

'미칠 노릇이지.'

이제 대체 어디서부터 손을 써야 하는 걸까?

석가의 사리는 벌써 쓸모가 다해 가고, 지호에게서 자물쇠를 빼앗을 방법은 보이지 않는다.

'홀로 천불 다섯을 감당해 내는 신위라니…… 하!'

어디 그뿐이던가?

'대체 무슨 수를 부린 거지? 허신들까지 한편으로 끌어들이다니.'

하나하나가 한때 수미산에서 위용을 떨쳤던 허신들.

그들이 곧 신위를 되찾을 것은 분명해 보인다.

이미 지호는,

'혼자가 아니다. 천계, 자체가 되어 가고 있어.'

불가와 도교가 천계에서 각자 다른 세력을 형성하고 있는 것은 그들이 하나의 주요 구심점을 바탕으로 종교라는 커다란 틀 안에 묶여 있기 때문이다.

부처들은 석가여래를 중심으로 불가에.

천신들은 옥황상제를 위시해서 도교에.

그런데 지호는 여기서 삐져나온 존재였다.

이를테면, 동승신주식 표현으로 이레귤러(Irregular)라고 해야 할까?

명교라는 커다란 틀의 주인은 되었으나, 그것을 유지할 만한 힘이란 건 없었다.

하지만 이제 녀석에게 그런 힘이 생기려 한다.

아주 오래전에 수미산에서 잊힌 여러 허신들을 통해.

아직 완성은 되지 않았지만, 지호가 옥황상제나 석가여래가 서 있는 위치까지 오를 것은 불에 보듯 뻔한 일이었다.

문제는, 그 시간이 예상보다 단축되고 있다는 점이었다.

'상제를 적으로 돌렸을 때까지만 해도 녀석은 그저 하계의 균형을 유지하는 데에 만족해했다. 하지만 지금은……! 자극이 너무 컸어.'

전대 제천대성도 그렇거니와, 지금의 지호도 그렇지만 녀석들은 크게 욕심을 부리지 않았다.

아니, 정확하게 욕심은 많았다. 자신이 갖고자 하는 것은 무슨 깽판을 쳐서라도 손에 넣는 놈들이었으니.

하지만 정확하게 놈들은 '자리 욕심'이 없었다.

투전승불이라는 자리를 걷어찼을 뿐만 아니라, 그보다 지고한 비로자나의 자리도 거절했으니.

문제는 명교를 건드린 탓에 놈이 이제 힘을 갖길 원하게 되었다는 점이었다.

이는 불가로서도 뼈아픈 실책이었다.

차라리 가만히 놔두었다면 호시탐탐 지옥 밖으로 나오려는 마신들과 함께 두고두고 천신들에게 골칫덩어리가 되었을 텐데.

"하지만 방법이 없어도 너무 없어. 방법이……."

지호가 당장 그들을 쫓지 않은 것은 광명종이라는 짐 덩이가 딸려서 그런 것일 뿐.

아마 그들에 대한 정리가 끝나는 대로 즉시 자신들을 찾으려 들 것이다.

그 전에 반격을 꾀해야 하지만 쉽지가 않다.

화안금정이 쉴 새 없이 돌아가며 방법을 찾지만, 돌아오는 대답은 무(無).

'놈이 예지안과 화안금정을 같이 갖고 있는 한 이쪽이 손을 쓸 수 있는 건 크게 없을 테고…… 그렇다면 역시나 남은 건.'

제석천이 인상을 좁힌다.

"관세음밖에는 없나."

하지만 관세음에 대한 유일한 단서인 혜가는 지호 쪽으로 넘어가 그쪽을 파헤치기도 어렵다.

아니, 아예 불가능한 건 아니었다.

관세음과 연결 고리가 딱 하나 남아 있으니까.

'홍해아.'

관세음의 막내 제자가 얼핏 제석천의 머릿속으로 떠올랐다.

남들이 선재동자라 부르는 이.

듣자 하니 최근 천계 내에서도 제법 미래가 기대되는 후학이라 불린다던가?

더군다나 녀석에게는 아버지가 하나 있었다.

아주 강한 아버지가.

"호자."

나지막한 제석천의 혼잣말.

하지만 아무도 반응하지 않는다.

"부름에 답하라, 호자."

제석천은 한 번 더 그 이름을 불렀다.

뒷말을 덧붙이며.

"그 몸을, 갖고 싶지 않나?"

그때 여전히 발작을 해 대던 나찰천의 몸이 갑자기 나무 토막처럼 뻣뻣해진다. 털썩, 바닥에 아무렇게나 뉘이더니 곧 그의 몸 위로 검은 안개가 올라왔다.

스스스.

까만 안개가 한데 뒤엉키다 악귀의 형상을 갖췄다.

―그 말, 믿어도 되오?

호자는 미심쩍다는 듯 두 눈을 가늘게 좁혔다.

"부처는 거짓말을 하지 못하지."

―하지만 교묘한 말로 속일 수는 있지 않소?

"악령에게 그런 소리를 들으니 뭔가 이상하군."

―나찰천은 당신의 동료가 아니었소?

"한낱 악령에게 당하지 못할 것 같다면 부처로서의 자각을 버리는 게 나을 테지."

─푸하하하하하핫! 그러고 보니 당신에게는 동료라는 개념이 없었지! 내 기억이 틀리지 않았다면 그대는 악령보다 더하면 더한 존재이니! 비마질다라에게 했던 짓을 생각해 본다면…… 크큭!

제석천이 피식 웃었다.

"그래서. 어쩔 텐가? 안 할 건가?"

─그럴 리가! 이렇게 좋은 몸을 준다는 데 거절할 이유는 전혀 없지.

호자는 제석천의 머리 위를 한 바퀴 크게 돌더니 다시 제자리로 돌아와 씩 웃었다.

─그럼 난 뭘 하면 되지?

*　　　　*　　　　*

"다, 다, 달아나라!"

"흉신이다! 흉신을 피해라아아아아아아!"

"전원, 자리를 크게 벗어나지 마라! 혼란만 거세질 뿐이다! 그리고 이는 놈이 더 바라는 것이고! 전원 제자리를 고수해 놈을 한데로 몰아넣으란 말이다!"

3만에 달하는 군대가 전열이 흐트러져 우왕좌왕하는 모습은 끔찍하기 이를 데가 없다.

무기를 저마다 땅바닥에다 버리거나, 어떻게든 수하들의 이탈을 막으려는 상관을 발로 짓밟는 등 아수라장이 벌어진다.

현무군 총독 하윤선은 검을 높이 들어 어떻게든 전열을 지탱하려 했지만, 속수무책이었다.

파바바바바바바박!

"으아아아악!"

"커허어억!"

황금색 빛줄기가 아무렇게나 그어질 때마다 수십에 달하는 병사들이 단번에 잘게 쪼개진 나무 장작처럼 토막이 나 우수수 쏟아진다.

그사이에는 언제나 피와 살점을 흠뻑 뒤집어쓴 채, 요괴처럼 황금색 눈동자를 요요히 빛낸 사내가 서 있다.

싸늘한 눈빛과 무표정한 얼굴.

마치 가면을 쓴 것 같이 아무런 감정조차 느껴지지 않는다.

이렇게나 많은 사람들을 죽였는데도 불구하고.

흉신.

저 사람을 가리키는 단어 중 이보다 더 잘 어울리는 단어가 어디에 있을까.

황궁과 금의위가 놈에게 무너졌다는 말을 들었을 때까지만 해도 코웃음을 치며 믿지 않았었는데. 이제는 믿어야만 할 것 같았다.

그때 녀석과 하윤선의 눈이 마주쳤다.

자신을 찾는 게 분명했다.

팟!

"초, 총독을 지켜라!"

"노, 노, 놈을 막…… 크아아아악!"

부관들이 하윤선을 지키기 위해 병사들을 움직이려 했지만 단번에 쓸려 나갔다. 황금색 파도가 덮쳐 왔다.

하윤선은 검을 꽉 쥐며 팔을 앞으로 모았다.

죽을 때 죽더라도 적에게 약한 모습은 보이고 싶지 않았다.

'선열들이시여! 신인이시여! 우리를 굽어살피소서!'

짧은 기도문과 함께 하윤선은 빛의 파도로 검을 날렸다.

그날, 황도의 북문을 수호하던 현무군이 전멸했다.

*　　　*　　　*

꿀꺽―

누군가가 침을 삼킨 소리가 유달리 크게 들린다.

그만큼 광명종의 신도들이 받은 충격은 컸다.

신인께서 은총을 내려 주시어 자신들을 구해 주시고 길을 걸으라 하셨던 것이 불과 한 시진 전.

호교위영의 지도에 따라 그들은 황도의 북문을 통과하려 했었다.

그때 갑자기 일련의 군단, 현무군이 앞을 막았다.

황도에서의 소란을 접하고 그들을 저지하려 했던 것이다.

상부에서 명령이 떨어져도 세월아 네월아 언제나 느리기 이를 데가 없었던 군부가 이렇게 빨리 움직일 줄은 생각도 하지 못했다. 하물며 현무군은 황도를 수호하는 사방군 중에서 가장 태만하다고 알려진 곳이기도 했다.

결국 호교위영은 신도들을 보호하기 위해 만반의 태세를 갖추며 충돌에 대비했지만, 다행히 우려했던 일은 터지지 않았다.

호교위영이 나서기도 전에 하늘이 열렸던 것이다.

신인은 현무군의 가장 중앙으로 강림하더니, 일방적인 학살을 벌였다.

전신을 황금색 광채로 물들인 채 닿는 모든 것을 닥치는 대로 베어 버렸다.

손을 휘두를 때마다 잘린 팔다리가 허공으로 튀어 오르고, 빛무리가 파도를 일으킬 때마다 땅거죽이 뒤집히며 수십 명이 그대로 묻혔다.

전열은 금세 붕괴되고 말았다.

그나마 전열을 버티고 있게 했던 총독 하윤선이 죽었을 때는, 모두가 무기를 버리고 도망치기에 바빴다.

지호는 그 뒤마저 악착같이 추격해 베고 또 벴다.

문제는 역설적이게도, 죽는 자들은 눈을 감기 전에 신인의 이름을 입에 담았다는 것이었다.

아마 이들은 믿지 못한 것이리라.

자신들이 그토록 믿고 따르는 신인이, 사실은 자신들을 징벌하기 위해 이 땅에 내려왔다는 사실을.

하지만 정작 신인의 선택을 받게 된 광명종 역시 이것을 마냥 좋게만 받아들이지는 않았다.

분명 여기서 죽어 나가는 이들은 그토록 자신들을 탄압하고 괴롭히던 자들이 맞았다. 저들이 당하는 모습을 보고 있노라면 가슴이 뻥 뚫렸다.

그러나 한편으로는 싸한 감정이 느껴지기도 했다.

이제는 공포에 단단히 질린 채 저항하지도 못하고 죽어 나가는 이들.

이것을 그냥 웃으면서 받아들여도 되는 것일까…….

좌아아악!

마침 지호는 양손에 붙들렸던 병사를 종이 찢듯이 그대로 찢어 바닥에 아무렇게나 버렸다.

그러고는 주변을 둘러본다.

다른 놈들은 없는지.

자신의 신도들을 괴롭히는 다른 작자들은 없는지.

하지만 그의 주변은 온통 피를 잔뜩 뿌린 시신뿐. 다른 병사들은 이미 도망친 지 오래였다.

그러나 지호는 여전히 먹이를 탐하는 짐승처럼 주변을 계속 두리번거렸다.

요요히 빛나는 화안금정은 여태껏 보던 것과 어딘지 모르게 많이 달라져 있는 것 같았다. 이전에는 마치 밝은 별을 심은 것처럼 맑게 빛났다면, 지금은 다른 뭔가로 번들거리는 것만 같았다.

마치 그 모습이 금방 터져 버릴 것만 같은 화약고처럼 느껴져서, 보는 이로 하여금 아슬아슬한 위기감을 느끼게 만들었다.

"지호."

그때 이예가 가만히 그를 불렀다.

지호는 감히 자신을 방해하려는 자가 있나 싶어 획 하고 옆으로 고개를 돌렸다가 이예와 눈이 마주쳤다.

그리고 잠시간 이어진 적막.

"……."

"……."

이윽고 지호를 둘러싸던 기세가 사그라지더니, 화안금정도 풀리면서 검은 눈동자로 돌아왔다.

"괜찮은 거냐?"

지호는 한 손으로 얼굴을 쓸어 올렸다.

"……괜찮아."

"이쪽 세상으로 넘어오고 나서 너무 정신이 없어 보인다만. 쉬는 게 어떤가?"

지호는 고개를 가로저었다.

"그러고 있을 때가 아니잖아?"

이예는 뭔가 말하고 싶은 눈치였지만 이내 입을 꾹 다물었다.

지호는 그런 이예의 눈빛을 보지 못했다. 이미 그의 의식은 다른 곳에 쏠려 있었다.

가만히 눈을 감고 천리안과 예지안을 발동한다.

"화, 황궁이 어찌 돼?"

"크으으윽! 기어코 마자 놈들이 흉신을 강림시켰

다고 합니다! 폐하께서도 놈들에 의해 그만……!"

"폐, 폐하마저! 뭣들 하는 게냐? 어서 군사들을
모으지 않고! 당장 황궁으로 간다! 서둘러라, 어서!"

"자홍성이 전소되었다고?"

"예. 그렇습니다. 그러니 어서……!"

"잠깐. 잠깐만."

"왜 그러십니까?"

"차라리 잘되었지 않았느냐."

"그게 무슨 말씀이신지……."

"천자며 황족들이 모두 죽었다면서? 그럼 누가
먼저 명분을 갖느냐에 따라 차후 정권을 손에 쥘 수
있게 될 터."

"아!"

"그러고 보니 해광군이 서열이 낮아 밖에 나와 있
었지? 아무래도 그쪽으로 가 봐야겠다. 차비를 갖춰
라."

"하! 한 명은 충신, 한 명은 간웅. 남은 한 명은
멍청이. 그렇다면 어찌 움직일지는 불에 보듯 뻔하
지."

"어찌하시겠습니까?"

"내버려 둬."

"예?"

"어차피 자기들끼리 싸우다 공멸할 것이 분명한 터. 우리는 그 뒤를 노린다."

"혜안이십니다. 하면 마자 놈들은 어찌할까요?"

"자홍성에 나타났다는 자가 진짜 신인이든, 아니면 흉신이든 아무래도 상관없다. 하지만 홀로 황성을 무너뜨릴 만큼 일신의 무위가 하늘에 닿은 것은 분명한 일. 오히려 그쪽과 손을 잡는 게 추후 닥칠 전란에 큰 도움이 될지도 모르지."

"하면 그쪽으로 접촉을 시도해 보겠습니다."

"그래. 단, 이 일은 절대 외부로 새어 나가서는 안 되게 해야 할 것이다. 마자 놈들과 손을 잡았다는 소문이 나서는 우리만 불리해질 테니."

"존명!"

황도는 수만 명이 살아가는 대도시.

방대한 양의 정보와 사념이 파도처럼 뇌리로 쏟아지지만, 지호는 그중에서 원하는 것만 골랐다.

황도를 수비하는 네 개의 군단에.

아니, 방금 전 현무군이 전멸했으니 청룡, 주작, 백호군
에 의식을 투영시켰다.

예상했던 대로 놈들은 저들끼리 의견이 갈렸다.

황궁이 하루아침에 잿더미가 되고, 그들의 손에는 수만
명의 병사들이 쥐어졌다. 쓰임에 따라서 얼마든지 무소불
위의 권력을 지니게 될 수도 있는 일.

당연히 그들 모두가 광명종을 막아서리라 생각할 수는
없었다.

결국 예상대로 어느 누군가는 군사를 이끌고 진상을 파
악하러 움직이고, 또 어느 누군가는 몸을 최대한 낮추면서
때를 노린다.

무엇보다 황도가 속수무책으로 당하는 걸 보고 더 이상
광명종을 함부로 막아설 생각을 하지 않게 되었으니, 지호
로서는 시간을 번 셈이었다.

"이예, 위쪽을 봐 줘. 다른 놈들이 이쪽으로 다가오지 못
하게 해야 해."

"그러지."

시간을 벌었다고 해도 상황이 어떻게 급변할지 모르는
일.

이예는 지면을 밟아 허공으로 치솟았다.

"정윤."

"……예!"

정윤이 잔뜩 긴장하며 지호 앞으로 나섰다.

심연처럼 깊은 눈을 마주한 순간, 몸이 부르르 떨렸다.

마치 영혼 깊숙한 곳에 내재된 것까지 낱낱이 드러나는 기분.

처음으로 신인의 부름을 받아 감격에 몸을 떨면서도, 한편으로는 현무군을 일거에 쓸어버릴 때의 모습이 아직도 생생해서 감히 범접할 수가 없었다.

"작금의 우리가 처한 상황은, 네가 가장 잘 알고 있으리라 생각한다. 때문에 네 어깨에 걸린 무게가 막중하다."

"과, 과찬이십니다!"

무미건조한 말투.

살결을 따라 은은하게 금색 빛무리가 감도는 지호의 모습은 마치 한 폭의 성화나 신상(神像)을 보는 것만 같아 인간미가 전혀 느껴지지 않았다. 오히려 고고함과 성스러움만 물씬 풍겼다.

"황도에는 더 이상 머무를 수가 없고, 어디를 가든지 간에 우리는 배척받을 수밖에 없다. 그러면서도 세상 곳곳에 우리들의 손길을 필요로 하는 신도들이 여전히 많이 남아 있으니, 그들까지도 거둬야만 한다."

정윤은 지호가 무엇을 말하려는지 알 것 같았다.

"사람들의 손길이 크게 닿지 않았으면서도 그 많은 신도들을 한데 품을 수 있는 곳. 혹 생각이 닿는 곳이 있느냐?"

정윤의 머릿속이 바삐 움직였다.

신인께서는 광명종의 뜻을 새로 펼치기에 알맞은 장소가 있는지를 여쭈신다.

물론 사람들의 손길이 닿지 않은 곳은 많다. 하지만 그런 대부분의 장소는 사람들이 살기에 척박하다.

바다, 황무지, 사막, 밀림…… 숫제 그런 곳들뿐이지 않은가.

"쉽지 않나 보군."

"죄송합니다."

"네가 미안할 건 전혀 없다. 이런 중요한 것을 신도에게 맡기려는 내가 문제가 있는 것이지."

"어, 어찌 그런 말씀을……!"

정윤은 그런 것이 아니라며 항변하고자 했지만, 지호는 손사래를 쳤다.

지호가 천리안을 지녔다 해도 세상 모든 곳을 누빌 수는 없는 일. 그럴 수 있다고 해도 당장 시간이 촉박해 그럴 겨를이 없다.

"정윤만이 아니라 너희 모두 기탄없이 의견을 내놓길 바란다. 모두 너희가 살아갈 땅을 찾고자 함이니."

신도들은 주뼛대다가 하나둘씩 의견을 내놓았다.

"산서의 서부고원…… 은 어떠실는지요?"

"서부고원?"

"예. 높은 고원에 위치했지만, 땅이 평평하고 비옥해 사람들이 살기에 좋을 것입니다."

지호는 잠시 뜸을 들이며 허공을 가만히 응시했다. 마치 뭔가를 보는 듯한 눈빛.

그러다 고개를 가로저었다.

"안 돼. 이미 사람들이 마을을 이루고 있어."

또 다른 누군가가 의견을 냈다.

"그럼 절강 쪽의 주산군도는 어떴습니까?"

"불가의 세가 강해."

"그럼 광서의 십만대산은……."

"해남도 쪽은 어떠신지요?"

"북쪽에……."

수많은 의견이 나왔다.

각자가 있던 고향, 가고 싶었던 곳, 머물고 싶었던 장소 등을 말한다.

그때마다 지호는 천리안으로 그 장소를 엿보고, 예지안으로 그 장소에 정착했을 때에 벌어질 일들에 대해서 쭉 둘러보았다.

그리고 매번 기각했다.

사람들이 살고 있어서. 땅이 험준해서. 정착하기에 알맞지 않아서.

이유도 매번 달랐다.

물론 지호도 마음 같아서는 대륙에서 가장 비옥하고 안전한 땅을 찾아 내주고 싶었다.

자신의 힘을 사용한다면 기존 거주자들을 전부 내쫓고 신도들을 정착하게 할 수도 있으리라.

하지만 그 후에는?

쫓겨난 자들은 더욱 불만을 가질 테고, 위정자들은 이를 틈타 호시탐탐 광명종을 노리려 할 것이다.

지호가 이렇게 지켜 주고 돌봐 주는 것도 초기에만 가능할 뿐, 계속 그래 줄 수는 없는 노릇이었다.

무엇보다 이들 광명종에게는 보금자리가 필요했다.

조금 험준하고 땅이 투박하더라도, 다른 걱정거리 없이 그들이 평화롭게 살아갈 수 있는 아늑한 보금자리가.

하지만 이렇다 할 마땅한 장소가 나오지 않았다.

웬만한 장소는 이미 사람의 손길이 미친 터. 그중 대부분이 광명종을 배척하는 곳들이었다.

결국 다른 방법을 강구해야 하나 살짝 미간을 찌푸리는데, 그때 정윤이 조심스레 입을 열었다.

"혹 새외는 어떠십니까?"

"새외?"

새(塞)란 거대한 성곽을 의미한다.

대륙에서 중원과 변방을 가르는 경계선이며, 명국의 국경이기도 했다.

그런데 그 밖으로 간다?

정윤이 고개를 크게 끄덕였다.

"예. 현재 가장 큰 문제가 되는 것은 신도들이 머무는 동안에 있을 저항 때문이지 않으십니까? 하지만 새외는 명교가 크게 전파되지 않아 본 종에 대한 의식이 엷은 데다가, 수많은 민족들이 교차하여 새로운 무리가 들어선다고 해도 경계심만 가질 뿐 크게 부딪치지는 않을 것입니다."

확실히 새외 밖의 이민족들은 대게 정착민들이 아닌 유목민들이다. 그들의 터전은 계절에 따라 매번 바뀌기 일쑤다.

그런 곳에 터전을 잡을 수 있다면.

좋은 의견이라는 생각에 지호는 다시 눈을 감았다.

지호가 본 곳은 드넓은 사막이었다.

태양이 이글거리고 모래 폭풍이 연신 불어 대는 사막.

그런 신기루의 바다를 한참이나 북쪽으로 헤엄쳐 올라가

면 이번에는 거대한 산이 나타난다.

그것은 흔히 중원에서 볼 수 있는 수목이 우거진 푸르른 산과는 많이 달랐다.

앙상하게 메마른 나뭇가지와 잡풀만 자라는 황무지. 특히 땅은 오랜 시간 동안 비가 내리지 않아 퍼석퍼석하고 온통 시커멨다.

검은색 바위로만 가득한 바위산.

그런 주제에 산은 검을 거꾸로 꽂은 것처럼 가파르고 험준하다.

높다랗게 선 봉우리는 구름을 뚫고 하늘에 닿아 있으니, 그 끝에는 어울리지 않게 만년설이 소복하게 쌓여 퇴폐적인 미(美)를 연출했다.

유목민들은 그런 산을 넘나들면서 아름다운 산을 노래했다.

곳곳에 죽음의 협곡이 가득해 자칫 발이라도 삐끗하면 위험천만하기 이를 데 없는 곳이 주변에 가득했지만, 그들은 이곳을 신의 은덕이 닿은 곳이라 생각했다.

그러다 평평한 고원을 발견하면 양 떼 등을 풀어 풀을 뜯게 하고, 천막을 쳐 휴식을 취하다 이튿날 다시 다음 장소로 이동했다.

그러다 산을 전부 넘어가면 이제는 더 이상 사막과 산이 보이지 않는 드넓은 지평선이 나타나니.

초원 지대는 세상을 모두 품으려는 듯, 푸르른 빛깔만을
마구 뿜냈다.

*　　　*　　　*

'사막과 초원, 그 사이에 있는 바위산이라.'

지호는 눈을 뜨면서 묘한 표정을 지었다.

사실 방금 전에 본 장소가 낯설지 않았던 것이다.

「후후후후. 내 아이들의 흔적을 이런 곳에서 다시 보게
될 줄이야. 생각지도 못했어.」

그때 머릿속으로 소호 금천의 웃음소리가 울렸다.

지호가 처음 소호 금천을 만났을 때 보았던 사념.

소호 금천을 모시는 백성들은 바다가 보이는 동쪽 대지
에서 살다가, 말을 몰고 태양이 지는 서쪽을 향해 끝없는
여행을 떠났었다.

그러다 지나쳤던 곳 중 한 곳이 바로 방금 전 지호가 본
장소였다.

비록 소호 금천의 백성들이 살았던 곳은 남섬부주였고,
이곳은 동승신주였지만 아직 수미산이 크게 갈라지기 전의
이야기이니 같은 장소라고도 할 수 있을 터.

「내 아이들과, 그곳에서 살아가던 유목민들은 하늘에 닿아 만년설이 내려앉은 산을 숭상시하고, 여기서 뻗어 나온 산맥을 따라 여행을 계속했지.」

소호 금천의 웃음소리가 커진다.

「그래서 불렸던 이름이 바로…….」

지호도 따라서 이름을 입에 담았다.

"하늘산(天山)."

천산이라!

그 이름도 너무나 새롭지 않은가!

"찾으…… 셨습니까?"

정윤이 조심스레 물어 온다.

지호는 크게 고개를 끄덕였다.

"천산은 어떠한가?"

정윤의 눈이 살짝 커졌다.

"천산이라면…… 혹 서쪽 끝, 사막에서 초원으로 넘어가는 경계선인 천산산맥을 말씀하시는지요?"

"맞다."

"천산산맥이라."

현 중국에서 신강 위구르 지역이라 불리는 곳.

그때 다른 누군가가 의견을 내놨다.

"하지만 그곳은 너무 황량하지 않겠습니까? 과연 그곳에서 이렇게 많은 신도들이며 앞으로 모여들 신자들까지 모두 수용할 수 있을지……."

"가능하리라 본다. 녹주(오아시스)를 잘 관리하고 마을만 가꿀 수 있다면."

게다가 지호에게는 다른 생각이 있었다.

'안 된다면 되게 하면 되겠지.'

불가능을 가능으로 만드는 것. 그것을 이적이라 하며, 사람들은 흔히 신의 은총이라 부른다.

"확실히 천산이라면 명국을 벗어나는 것이니 신도들이 자리 잡기 알맞을 것이고, 명국과 서역으로 오고 가는 교역 중심지이기도 하니 굶주림도 피할 수 있을 것입니다."

정윤이 잠시 생각을 하다 빠르게 말을 내뱉었다.

경청하고 있던 신도들도 드디어 머물 수 있는 터전을 발견했다는 사실에 화색이 되었다.

하지만 웃음기도 잠시.

"다만 한 가지 문제가 있습니다."

지호가 정윤을 보았다.

"거기까지 가더라도, 이동하며 먹을 식량이 터무니없이 부족합니다."

지호는 정윤의 말에 잠시 눈을 감았다.

　　　　＊　　　　＊　　　　＊

"다들 뭣하는가! 어여 차비를 갖추지 않고!"

"서두르시게나. 또 언제 빌어먹을 군병 것들이 개떼처럼 몰려들지 몰라!"

신도들은 당장 떠날 차비를 갖추기 시작했다.

원체 가난하게 살았던 이들이 대부분이라, 쌀 것도 크게 없었다.

아낙네들은 살림살이를 챙긴 보따리를 등에 이고, 장정들은 수레를 잔뜩 끈다. 아이들도 저마다 품에 보따리를 하나씩 품고 있었다.

옛날 영화에서나 볼 법한 모습들.

하지만 지호가 이나은의 부탁에 따라 백 년 가까이 동승 신주를 맴돌 때 숱하게 보던 것들이기도 했다.

탄압을 피해, 배척을 피해, 희망을 찾아 떠나는 피난민들.

물론 떠나지 못하는 이들도 있었다.

"크흑…… 죄송하나이다, 신인이시여."

"어찌 내게 용서를 구하느냐."

"하지만……!"

"떠나는 이들과 다르게 이곳에 남는 너에게는 너만이 할 수 있는 일이 있을 터. 너무 상심하지 말라."

지호는 눈물을 터뜨리는 신도들의 어깨를 어루만지며 자그마한 축복을 내렸다.

"그대가 걸을 길에 빛이 가득하길."

제아무리 이곳에서 희망을 느끼지 못했다고 한들, 차마 고향을 등지지 못하는 이들도 더러 있었다.

지호는 그런 이들을 일일이 어루만졌다.

그렇게 신도들을 모두 달랜 뒤.

"모든 준비가 끝났습니다."

정윤이 고개를 숙이며 나타났다.

"식량은?"

"말씀하셨던 장소들을 모두 확인했습니다. 다만, 일부는 이미 다른 곳으로 빼어진 뒤였습니다. 그새 군병들이 빼돌린 듯합니다."

"수고하였다."

지호는 사념으로 읽은 식량 창고 위치를 호교위영에게 가르쳐 줬고, 신도들이 여장을 꾸리는 동안 정윤 등은 모두 그곳을 급습해 식량을 확보했다.

물론 시간이 촉박해서 전부를 돌 수는 없어 확보 가능한 곳만 돌았다.

천산산맥까지 가는 여정은 못해도 최소 반 년.

그때까지 수만 명을 먹여 살리기엔 턱없이 적은 양이었지만, 나머지는 이동하는 동안 어떻게든 다른 방식으로 구해야 할 듯했다.

'마음 같아서는 축지라도 쓰고 싶지만……'

지호도 그 생각을 안 해 본 것은 아니었다.

한꺼번에 수만 명을 옮길 수는 없어도 백 명 단위로 몇 번만 천산까지 왕복하면 될 테니까.

하지만…….

'그래서는 신도들을 제대로 모으지 못할 테니까.'

광명종은 이곳 황도에만 모여 있는 게 아니다.

전국 각지에 흩어져 자신이 오기만을 기다리는 이들이 있을 터.

하지만 제아무리 지호라 해도 그들을 모두 찾아낼 수는 없는 노릇이니, 이번 대규모 이동을 통해 세간의 이목을 집중시키고 숨은 신도들을 한데 끌어 모을 생각이었다.

'세를 과시할 필요도 있겠지.'

무엇보다 가장 중요한 것은, 황궁이 전소됨에 따라 수많은 혼란 사태를 야기할 명국 내에서 광명종의 입지를 다지는 것이었다.

그렇게 움직이다 보면 자연스레 광명종을 배척하거나 반대하는 집단도 어떤 움직임을 보이겠지.

지호는 그들 모두를 용서치 않을 참이었다.

'세상과 척을 지는 한이 있더라도.'

여태 지호는 그림자로 숨어 묵묵히 신도들을 보호하려 했지만, 이제는 생각이 달라졌다.

이제는 적극적으로 나설 참이었다.

설사 그것이 세상에 커다란 참상을 낳는 결과를 만들게 될지라도.

지금 광명종에게 필요한 것은 힘이었다.

"아미타불……."

그때 별안간 옆에서 혜가의 시선이 느껴졌다.

쓸쓸하면서도 안타까워하는 시선.

그것이 관세음의 것임을 모를 리 없었지만, 지호는 못 본 척하고 넘겼다.

"그럼 이제 이동하자."

지호의 말에 따라 신도들이 움직이기 시작했다.

훗날, 스스로 광명종 혹은 배화교라 부르지만, 강호에서는 마교(魔敎)라고 불리게 될 이들의 서막을 알리는 대장정의 시작이었다.

*　　　*　　　*

광명종이 서쪽으로 이동하기 시작했다!

황궁이 갑자기 전소된 이래, 강호와 천하의 이목은 그들에게로 모두 집중된 터.

그런 상황에 군사를 일으켜 황도를 점령하지 않고 난데없이 대장정을 시작했다는 소식은, 여러 이들로 하여금 당혹케 만들었다.

하지만 광명종이 황도를 비웠다는 소식은 각 지역에 있던 군벌과 문파들로 하여금 새로운 욕심을 일게 만들었으니.

곳곳에서 심상치 않은 움직임이 포착되었다.

그리고 혼란스러운 정국을 따라, 각지에 숨어 있던 그림자들도 함께 움직였다.

이동은 순조로웠다.

피로가 쌓일 때면 휴식을 취해 주고, 다친 이들이 있으면 지호가 나서서 치료를 해 준다.

분명 먼 길을 떠나는 것인데도 불구하고, 신도들의 입가에는 미소가 떠나질 않았다.

다행히 뒤를 쫓는 자들은 없었다.

이미 명국은 혼란에 빠진 상황.

듣자 하니 황도를 빠져나온 뒤 얼마 있지 않아 이미 황도

근방에는 서로 저마다 황제라 칭하는 이들이 난립을 하고, 각 지방에서는 하루에도 몇 번씩 군세가 일어났다가 사그 라지기를 반복한다고 한다.

당연히 각 군벌로서는 건드려 봤자 피해만 볼 뿐 크게 도움은 되지 않을 광명종 쪽으로는 시선도 주지 않았다.

……라고 신도들은 생각했지만,

'꽤 많군.'

스스스슥!

내리막길을 따라 조용히 접근을 시도하던 무사들이 있었 다. 등에 저마다 기다란 장검을 착용한 채 두 눈을 살기로 번뜩인다.

단두혈문.

하북 지방에서 살수 문파로 유명한 곳이었다.

그들이 원하는 것은 단 하나.

광명종 신도들의 목.

이미 강호에서는 그들의 목에 붙은 값이 천정부지로 올 랐을 정도였다.

당금 천하에 있어 광명종이란 혼란을 야기한 반란 세력. 그들을 제압한다는 것은 명분을 틀어쥔다는 것과 같은 뜻 이었다.

하지만 그들 중 어느 누구도 목적을 완수하지 못했다.

스스슥!

별안간 산길을 따라 서늘한 바람이 불었다.

살수들이 뭔가 이상한 낌새를 눈치챘지만, 그때는 이미 그들의 목이 달아난 뒤였다.

촤아아아아악!

피가 잔뜩 뿌려진 자리로, 정윤이 가볍게 착지한다.

크륵, 크륵, 목에 피거품을 문 무사는 원통하다는 얼굴로 그를 노려봤다.

"더러운 마자 놈들……! 이딴 수작을 부리다니. 네놈들이 이러고도 무사할 성싶으냐……! 머지않아 강호 동도들이 한데 모일 터…… 그땐 네놈들을 징치 할……! 컥!"

정윤은 더 이상 듣기 싫다는 듯 검을 휘둘러 놈의 목을 쳤다.

곧 주변으로 다른 호교위영들이 나타났다.

그들은 별다른 대화를 나누지 않았다.

시선으로 대화를 주고받다가, 뭔가를 느꼈는지 다시 제 각기 다른 방향으로 움직였다.

이렇듯 평화로운 대이동에는 호교위영의 노고가 숨어 있었다.

스르륵.

그때 호교위영이 사라진 자리로 지호가 나타났다.

지호는 시신들을 보다가 가볍게 손을 흔들었다. 곧 불꽃이 일어나면서 시신과 핏자국 전부를 말끔하게 집어삼켰다.

"분명 내가 기다렸던 아이는 이런 아이가 아니리라 생각했었는데…… 내 생각이 틀렸던 것이냐? 이러면 이럴수록 세상에서 그대는 더더욱 흉신이라 불리게 될 것이니라. 그래도 괜찮은 것이야?"

그때 들리는 목소리에 지호는 시선을 돌렸다.

나무 위.

혜가, 아니, 관세음이 안타까워하는 시선으로 이쪽을 응시하고 있었다.

"무슨 말을 하고 싶은 거지?"

"하…… 그래 여기서 무슨 말을 한다 한들 그대에게는 간섭밖에는 되지 않을 테지. 신과 부처는 그 자체로 오롯한 존재이니, 이 이상은 언어도단일 터."

관세음은 씁쓸해하는 얼굴로 고개를 털며 말했다.

"하지만 이것 하나만은 알아다오. 려도, 오공도, 지금 그대가 처한 상황에 계속 휘말리다 결국 끝내 후회를 했다는 사실을. 힘만이 능사가 아니라는 사실을."

지호는 듣기 싫다는 듯 머리를 털고 물었다.

여태 시간이 없어 제대로 된 대화를 나누지 못했지만, 한

시름 덜게 된 지금이 이야기를 나눌 기회였다.

"넌 나를 여태 기다리고 있었다고 했어."

"그렇단다."

"왜지?"

지호로서는 관세음이나 되는 자가 이런 수모를 겪으면서까지 자신을 기다렸다는 사실이 쉽사리 믿기지 않았다.

관세음은 깊은 두 눈에 지호를 가득 담은 채, 또박또박 끊어서 이야기했다.

"말세가 오고 있기 때문이니라."

"말세?"

이건 또 무슨 뚱딴지같은 소리지?

지호가 살짝 미간을 찌푸린다.

하지만 관세음은 태연했다.

"그대는 그런 생각을 해 본 적이 없는가? 어째서 최근 들어 이리도 신이며 부처들이 요동을 치는지를."

"그건……."

지호는 뭔가를 말하려다 입을 다물었다.

그러고 보니 이상하긴 정말 이상했다.

남섬부주는 그렇다 쳐도, 확실히 동승신주는 최근 신들의 개입이 너무 잦았다.

본디 동승신주에도 무신론자들이 많을 만큼 신들의 개입

이 잦은 편은 아니었다.

그러던 것이 최근 들어 깨지고 말았다.

나후가 깨어나고, 해와 달이 사라졌다가, 신인이 일어나고, 새로운 종교가 발흥하며, 신과 부처가 서로 싸움을 벌인다…….

이 일련의 과정들을 과연 단순한 우연의 나열이라고 볼 수 있을까?

"어디 말세가 딴 것일까. 신과 부처가 제 본분을 잊어버리고 탐욕에 젖으며, 영혼들이 갈 길을 잃어 방황하게 되는 것. 수미산이 처음 세워졌을 때에 가졌던 마음가짐을 유지하지 못하는 것. 그때가 비로소 말세가 찾아오는 날일 터."

북유럽 신화에서 신의 시대가 끝나는 것은 신과 거인 진영 간의 갈등이 커지면서 서로 공멸하는 때다.

그리스 로마 신화에서도 제우스 신족은 크로노스 등을 거꾸러뜨리고 집권을 했다가, 이내 '철의 시대'라는 새로운 물결에 사라진다.

"당신은 신과 부처들의 욕심이 말세를 부를 것이라고 보는 건가?"

"그래. 신과 부처들이 더 이상 천계가 아닌 아래쪽으로 시선을 둔 이상, 이러한 소요는 갈수록 커지면 커졌지 작아지지는 않을 테니까."

신과 부처가 탐욕을 부리고 각을 더 크게 세운다면.

당연히 하계는 중간에서 치일 수밖에 없다.

고래 싸움에 새우등 터진다는 말이 괜히 있을까.

"이미 천신이며 마신, 부처, 그리고 염라부 등 여러 곳의 각축전이 되어 버린 저승이 어떤 사태가 되었는지는 그대 역시 잘 알고 있겠지?"

지호는 과거 천계에 있을 때에 태상노군이 보여 줬던 저승의 모습을 떠올렸다.

엉망이 된 극락. 붕괴되어 가는 지옥.

이나은이 손오공과 함께 저승으로 돌아갔다지만 아직 제대로 해결되지 않은 듯하다.

"그것이 그대로 곧 이승으로 확대될 것이니라. 그때는 그대가 유지하고자 했던 절지천통도 더 이상 소용이 없을 테지."

그때는 이승과 저승이 뒤섞일 테니까.

산 자와 죽은 자가 같이 돌아다니는 세상.

말 그대로 말세(末世)다.

"그때에 분화된 수미산은 더 이상 제 모습을 유지 못해 차츰 무너져 내릴 것이고, 여와도 버티지 못할 테지. 이후는…… 파멸밖에 남지 않을 터."

관세음은 지호의 눈을 응시했다.

아니, 그 너머에 있는 영혼을 봤다.

한때는 려이자, 손오공이었고, 지금은 지호인 영혼을.

"과거 수미산을 갖기 위해 천신과 마신이 벌였던 싸움과는 비교도 할 수 없을 더 지독한 싸움이 기다리고 있노라. 그 싸움은 끝도 없이 이어질 것이며 희망이 사라지고 공포만을 가져올 것이니라. 하늘이 무너져 내릴 것이고, 땅이 꺼질 것이며, 이승은 온갖 혼란이 뒤섞이고, 수미산이 부서질 것이니라. 겁풍이 휘몰아치고, 겁화가 일렁이며, 겁수가 육지를 뒤덮는…… 그런 말세 뒤에는 허무만이 남을지니. 나는 그 결과를 보았고, 그것을 막고자 하노라."

그것은 예언이자, 묵시였다.

관세음은 괴로움에 빠진 중생들을 구한다는 부처. 당연히 도탄에 빠질 세상을 보지는 않는다.

"해서 나와 삼장은…… 이런 다가올 말세를 막을 사람으로 그대를 택하였도다."

"삼장?"

전혀 생각지도 못한 이름에 지호의 눈이 커졌다.

그 순간, 갑자기 예지안이 열렸다.

화아아아아악!

지호를 둘러싼 세상이 바뀌었다.

신도들이 움직이던 장소가 아닌 어느 거대한 사찰 위.

거기서 지호는 마치 유령처럼 실체가 없는 영체(靈體) 형태로 하늘에 떠 있었다.

'여긴…….'

지호가 가느다랗게 눈을 좁힌다.

난생처음 와 보는 곳이지만, 왠지 모르게 낯이 익었다.

영혼이 반갑다는 듯이 찌르르 울린다.

지호는 여기가 어딘지 알 것 같았다.

　　—자은사이니라. 삼장이 말년에 천축에서 가져 온 경전을 정리하였던 곳이지.

지호의 시선이 우측으로 돌아갔다.

그곳에는 아리따운 모습을 한 사람이 지호와 마찬가지로 영체의 형태로 떠 있었다.

과연 이런 사람이 세상에 있는 게 가능할까 싶을 정도로 아름답다.

새치름한 입술과 기다란 쌍꺼풀, 가녀린 선은 보는 이로 하여금 심장을 찌르르 울리게 만들었다. 도무지 남자인지 여자인지 성별을 짐작할 수가 없었다.

보호해 주고픈 욕망이 물씬 든다. 하지만 한편으로는 깊은 눈동자를 보고 있노라니 한없이 안기고 싶은 생각도 들었다.

특히 담담히 짓고 있는 웃음은 보기에 따라서 이성을 유혹하는 모습으로 보이기도, 자애로운 어머니의 모습으로 보이기도, 준엄한 아버지나 친근한 친구의 모습으로 보이기도 하는 등 다채로운 인상을 자아냈다.

이자가 바로 관세음.

괴로움에 빠진 중생들을 구제하기 위해 때로는 어머니로, 때로는 아버지로, 친구로, 연인으로, 동자로, 악귀나찰로, 용왕으로, 신장으로, 사문으로, 비구니로, 거지로, 다채로운 모습으로 화현한다는 이의 진짜 모습이었다.

　　—너무 놀라지 말거라. 이곳은 그저 나의 의식 세계에 지나지 않으니.

관세음이 담담하게 미소를 짓는다.

　　—따라오겠느냐?

관세음이 지호에게 손을 뻗는다.

지호는 손을 맞잡았다.

스으으, 관세음은 그대로 허공을 미끄러지면서 아래로 향했다. 사찰의 가장 큰 건물, 대웅전 지붕을 그대로 통과해 안쪽에 가볍게 착지한다.

똑. 똑. 똑…….

"마하반야 바라밀다……."

그곳에는 부처상 앞에서 목탁을 두들기며 염불을 외는 승려가 있었다.

나이를 제법 먹은 듯 등이 살짝 굽고 눈가와 이마에 깊은 주름이 졌다. 하지만 젊었을 때는 미남자였던지 선이 고왔다.

　처음 보는 얼굴. 하지만 역시나 낯이 익다.

　"삼장…… 인가?"

　지호는 이곳에서 육성을 낼 수 없었기에 신의 목소리로 물었다.

　관세음이 고개를 끄덕였다.

　—타계에 들기 전의 삼장이지.

　삼장 법사는 염불을 외다 말고 갑자기 목탁을 두들기던 손길을 멈췄다.

　그러더니 갑자기 고개를 들어 부처상을 응시했다.

　금색 동상으로 이뤄진 석가모니불.

　화아아아.

　그 뒤로 갑자기 은은한 금색 빛무리가 인다.

　보통 승려라면 감격에 마지않을 상황이지만, 삼장 법사는 뭔가 마음에 들지 않는다는 듯 미간을 찌푸렸다.

　"여기까지 어인 일이십니까, 스승님?"

　이 말을 듣던 지호가 놀랐다.

　"스승이라면……?"

　—삼장의 스승이라면 '그' 밖에 더 있던가.

"석가여래!"

지호의 시선이 석가모니불로 향했다.

그때 모니불에서 은은한 목소리가 울렸다.

—어찌 너의 심장을 그런 반쪽에게 나눠 줬단 말이냐. 그리도 이 못난 스승이 믿더냐.

듣는 것만으로도 머릿속이 맑아지는 것 같다. 하지만 그 속에는 안타까움이 가득했다.

본디 삼장 법사는 하계에 내려오기 전, 석가여래의 막내 제자였던 금선동자였다. 그러다 설법을 듣던 와중에 잘못을 저질러 하계에 내려지게 되었지만, 본디 그는 수보리와 마찬가지로 지혜를 통달한 아라한이었다.

추후 천축행이 끝나고 전단공덕불로 승격되지만, 그는 천계에 돌아가기를 거부하고 하계에 남았다.

그리고 언젠가 다가올 말세에 대비하기 위해 여러 안배를 마련했다.

심장이라고도 할 수 있을 자신의 가장 큰 사리를 절반으로 쪼개 한쪽은 묘성에게, 다른 한쪽은 저팔계에게 맡긴 것이다.

석가여래가 말한 반쪽이란, 바로 묘성이었다.

"예. 믿습니다."

삼장 법사의 눈가에 분노가 살짝 어렸다.

이미 법력과 수양이 깊어 모든 번뇌를 씻었던 그였지만. 마지막 번뇌만큼은 지우지 못했다.

스승에 대한 원망.

—하아아. 어찌 이리도 내 마음을 모를까.

"욕심을 버리라 하셨던 분은 스승님이셨습니다. 중생을 위해 살라 하셨던 분 역시 스승님이셨습니다. 한데, 지금 스승님의 모습은 어떻습니까?"

—중생들을 위해서니라. 다가올 새로운 개벽을 위해서니라.

"아니요. 그것은 핑계이십니다. 새로운 개벽을 위한다 한들, 결국 스승님의 뜻대로 하시고자 함이 아니십니까?"

—지금의 세상이, 진실된 것이라 보느냐?

"거짓된 것이라 하여도 좋습니다. 이 땅에서 살아가는 중생들이 있는 한, 그들이 웃고, 울고, 사랑하고, 즐기는 한, 이곳은 그들에게 진실된 곳입니다."

—모든 것은 헛된 것. 공(空)이니…….

"제가 얻은 것은 달랐습니다. 공은 비운다 하지만 결국 버릴 뿐이지요. 하지만 저는 채우겠습니다."

—내가, 너를 잘못된 곳으로 이끌었구나. 그때 네가 아래로 내려 달라 하였을 때 보내는 것이 아니었어.

"제가 스승님께 가장 감사한 것이 있다면."

삼장 법사의 눈이 광망으로 빛났다.

"이런 가르침을 주셨다는 것입니다."

주르륵.

그때 삼장 법사의 입술을 따라 선혈이 흘렀다.

생명력이 꺼져 간다.

석가모니불이 안타까운 목소리를 던졌다.

—이렇게까지 해야 하더냐? 그리도 스승의 곁을 떠나고자 하는 것이냐?

"스승님과 마찬가지로 상제 역시 탐욕을 부리려 할 것입니다. 이 세상은…… 곧 잠기겠지요. 하지만 저는 어떻게든 지킬 것입니다."

—어차피 영겁에 비하면 찰나에 불과한 한낱 잔상에 불과한 이 땅을…… 너는 왜 그리도 집착하는 것이냐…… 나의 아이야…… 나의 막내 아이야…….

슬픈 탄식을 끝으로, 석가모니불에서는 더 이상 빛이 흘러나오지 않았다.

그리고 삼장 법사 역시 눈을 곤히 감은 채 미동도 하지 않았다.

숨이, 그쳤다.

하지만 겉으로 보기엔 깊은 잠에 든 것처럼 보였다.

화아아아아악!

다시 세상이 바뀐다.

본래 아름다운 모습이 아닌, 혜가의 모습을 한 관세음이 지호를 쳐다봤다.

"본디 이러한 말세는 내가 본 것이 아니니라. 삼장이 내다보고 내게 말해 준 것이었지."

"……!"

"언제부턴가 삼장은 머지않아 무너질 세상을 보고 언제나 걱정에 잠겼었다. 한 차례 손오공을 부려 위기를 막아내긴 했지만, 그 뒤에 다가올 혼란까지 자신이 손 쓸 수 없다는 사실에 탄식을 거듭하였지."

"……."

"더구나 석가는 삼장이 먼 미래에 뭔가 도래한다는 것을 눈치채고 있음을 알게 되면서 이에 대해 추궁을 하였다. 해서 삼장은 생각을 달리 가지게 되었다."

"……안식(安息)을 취하는 것으로?"

"그러하다."

서유기의 인물들은 저마다 각자 다른 길을 걸었다.

부처의 자리를 버렸던 손오공.

다시 주군의 곁을 지키길 바랐던 사오정.

환생을 하며 세상을 즐기고자 했던 저팔계.

하지만 그중 삼장 법사는 없었다.

"스스로를 윤회의 고리도 아닌 허무 속으로 던지며 깊은 잠에 들었지. 언젠가 다가올 말세에 대비해. 거기에서 성장할 그대를 위해 안배를 갖춘 채."

결국 삼장 법사는 이렇게 지호가 언젠가 관세음과 대면하게 될 것까지 내다봤다는 뜻이다.

'대체 뭘 하자는 거지?'

지호는 눈살을 찌푸렸다.

남섬부주에서 저팔계가 삼장의 안배에 따라 자신을 찾아온 것까지는 놀라워했다.

하지만 막상 지금에 이르니 거북하다.

마치 삼장 법사라는 작가가 쓴 시나리오 위에서 자신이 꼭두각시처럼 춤추고 있는 것 같지 않은가?

분명 삼장 법사는 위대했다.

자신의 영혼을 불살라 이 세상을 구하고자 했으니까.

하지만 자신은 거기에 맞춰서 따라야만 하는 걸까?

이런 것을 굳이 말이 아닌 회상으로 상기한 관세음의 수작도 마음에 들지 않았다.

"말세가 도래할 것을 당신들은 이미 천 년도 전부터 읽고 있었다?"

"그러니라."

"하면 왜 여태 막을 생각을 않았지? 이렇게 될 줄 알고 있었다면서? 석가의 바짓가랑이라도 붙잡고 있었어야지?"

비딱하기 그지없는 물음.

관세음은 쓰게 웃었다.

"이미 비탈길을 내려가기 시작한 수레를 감당하기엔 나란 존재는 그저 조금 방해만 되는 조약돌에 지나지 않았느니라."

그러다 쓴웃음을 그치고 무표정으로 돌아간다.

"하지만 그대는 다르다. 려의 영혼을 타고나 세상에 불을 밝힌 수인의 의지를 이은 그대라면. 손오공의 업을 이어 제천대성으로서 능히 홀로 세상과도 대적한 그대라면."

단호한 눈빛으로 지호를 본다.

"그런 그대라면. 이 말세를 종식시킬 수 있을 것인즉. 수미산을 어엿한 원래의 주인들인 인간들에게로 돌려주어 새로운 시대를 열 수 있을 것이다."

"그래서. 대체 원하는 게 뭔데?"

"신과 부처를, 천계를 이 세상에서 전부 지워 다오."

"······!"

"신과 부처가 있는 동안. 세상을 제 입맛대로 다루려는 저들이 있던 내내 이 세상은 몇 번이고 위험에 잠기고 구제되기를 반복했도다. 그런 악습의 고리를······ 나와 삼장은 끊어 버리고자 한다."

관세음의 말이 계속 이어졌다.

"신과 부처를 모두 죽여 다오."

잔잔했던 어투에 점차 힘이 실렸다.

"이미 삼라만상이 오롯이 갖춰진 이 땅에, 그들은 더 이상 필요 없게 된 옛 잔재에 지나지 않음이니. 새 술은 새 부대에, 새로운 땅은 새로운 주인에게 주어야 하지 않겠느냐?"

관세음이 내려앉은 혜가의 눈동자는 다른 어느 때보다도 환하게 빛나고 있었다.

깊디 깊은 우주가 담긴 것처럼 그윽했다.

"중생들의 시대를, 인간들의 시대를 열어 다오."

잔뜩 톤이 올라갔던 목소리가 다시 차분하게 가라앉는다. 관세음은 지호의 눈을 몇 번이고 응시하면서 간곡하게 부탁했다.

"물론 이건 강요나 강제가 아니니라. 부탁이지."

삼장 법사의 마지막 기억을 되짚었을 때처럼 손을 앞으로 뻗는다.

이 손을 잡아 달라고.

"우리와 뜻을 함께하지 않겠느냐?"

"……"

하지만 지호는 방금 전과 달리 관세음의 손을 무표정한

얼굴로 보기만 할 뿐 바로 잡지 않았다.

처음 크게 격동했던 눈동자도 다시 잔잔해졌다.

무슨 생각을 하는 건지, 표정에서도 눈빛에서도 그의 속내를 읽을 수가 없었다.

그러다 갑자기 지호가 한쪽 입술 끝을 비틀었다.

관세음은 순간 당황했다.

당연히 받아들일 줄 알았던 지호에게서 풍기는 감정이 기대와 전혀 달랐다.

냉소.

"왜? 나더러 흉신이 될 거라면서?"

"그대가 분노에 조금씩 비틀어지는 게 보였으니까."

"내가 흉악해지는 걸 막으려던 게 아니었어? 려와 오공이 그러했듯이. 그런데 이런 수고까지 주면 더 큰 흉신이 되는 것 아냐?"

"말했듯, 분노에 이성이 먹히지 말란 뜻이었다."

관세음은 숨을 한 차례 고르고 다시 말했다.

"말세를 정비한다는 것은, 한 시대를 정리한다는 것은 그만큼 숭고한 뜻을 지니고 있어야 하기 때문이니라."

정리된 시대의 뒤에는, 말세의 끝에는, 새로운 세상이 열리니까.

하지만,

"그럼 딴 놈 찾아."

"뭐?"

관세음의 두 눈이 부릅떠졌다.

지호의 비틀린 입술이 더 짙어졌다.

"나는 나대로, 알아서 천계를 부숴 버릴 거니까."

*   *   *

지호가 훌쩍 떠난 자리.

관세음은 한동안 정신이 멍해 아무 말도 잇지 못했다.

그만큼 지호가 던진 말은 폭탄의 연속이었다.

　"숭고? 지랄하네."

　"말세? 그래서 뭐? 그런 걸 내가 왜 해?"

　"그러니까 딴 놈 찾으라고. 너희들이 그렇게 딱 지목하면, 내가 알아서 '예. 감사합니다.' 하고 고분고분히 받아들일 줄 알았어? 이거 완전 미친놈들일세?"

"말이야 그럴듯하지, 결국 나더러 니들이 싸놓은 똥을 치우라는 거 아냐?"

"몇 번이고 말하지만, 난 이제 내 사람만 지킨다."

"그러니까 꺼져. 앞으로 내 눈에 두 번 다시 띄면…… 바로 네 모가지부터 비틀어 줄게."

"아, 그래도 걱정 마라. 원하는 대로 다른 놈들도 곧 뒤따라가게 해 줄게."

"이렇게 될 줄은 생각도 못 했구나."
관세음은 혀 뒤끝이 썼다.
사실 그와 삼장 법사가 본 묵시는 정확히 지호의 생각이나 사상 따위가 아닌, 앞으로 있을 '사건들의 나열'이었다.
지호가 해와 달을 복구하고, 홀로 신과 부처에 대적하고, 저승으로 가기 위해 삼도천을 건너는 사건들의 나열.
그렇기 때문에 지호가 이 세상을 지키기 위해 발 벗고 뛰어다닌다고 생각했다. 스스로 운명의 굴레에 몸을 던져 묵묵히 숙명을 이어 나간다고 여겼다.
하지만,

"그것이 전혀 아니었지."

지호는 운명이니 숙명이니 하는 것들을 극도로 혐오하고 경멸했다.

그는 오로지 자신의 뜻대로 나갈 뿐이었다.

자신도, 삼장도. 다가올 말세에 대비해 안배를 마련해 두면서도 정작 가장 중요한 지호가 누군지를 망각하고 있었던 것이다.

제천대성.

인과율이 내린 숭고한 사명을 개껌딱지만큼도 여기지 않던 손오공의 환생이지 않던가!

"려이기도 하면서…… 그와는 너무나 다르구나. 달라도 너무 달라."

관세음의 기억 속에 있던 려는 자신에게 주어진 운명에 순응하고, 사명을 완수하기 위해 스스로 희생되기를 마다하지 않던 자였다.

그러니 희와의 싸움에서 패배해 모든 걸 잃어버린 뒤에도, 눈을 감기 직전까지 자물쇠와 쇠사슬을 몇 번이고 두들겨 반고를 잠재우려 했겠지.

"하아. 이제 어찌해야 한단 말이냐."

관세음의 눈가에 깊은 주름이 졌다.

분명 그가 바라던 대로 지호는 천계와 싸울 것이다.

이미 천신이며 부처들이며 가릴 것 없이 지호와의 사이에는 깊디깊은 골이 만들어졌으니까.

하지만 이런 방식은 아니었다.

분노와 원한에 모든 걸 내맡긴 채 무작정 파괴만을 일삼아서는 안 된다.

그래서는 정말,

"흉신이 될 뿐이지 않은가?"

흉신이 만드는 말세라니.

그 뒤는 생각도 하고 싶지 않았다…….

수심이 더욱 깊어질 무렵.

관세음의 머릿속으로 한 줄기 음성이 파고들었다. 혜가에 계시를 빌어 보내는 전언.

「뜻하신 것은 어찌 되셨습니까?」

천계에 홀로 두고 온 막내 제자의 목소리였다.

관세음이 쓰게 웃었다.

"그리 쉽게 되지는 않더구나."

피식, 저쪽에서 바람 빠지는 웃음소리가 울렸다.

그러다 막내 제자는 자신이 실수를 했다는 걸 깨닫고 급히 사죄했다.

「아, 죄송합니다. 역시 그 녀석답다 싶어서…… 인격은 바뀔지언정 사람은 쉽게 바뀌질 않는군요.」

"그래. 나 역시 오공, 그 아이를 그토록 겪고도 이리 안 일하게 여겼으니."

막내 제자는 한때 손오공과도 대립한 적이 있지 않던가. 어쩌면 관세음보다 더 잘 이해하고 있는지도 몰랐다.

"혹여 이번 일로 도리어 내가 더 큰 재앙을 부른 것은 아닌가 하는 생각이 드는구나. 어쩌면……."

관세음은 문득 든 생각이 있었지만 고개를 털었다.

불안감이 들었지만 차마 입 밖으로 꺼낼 수는 없었다.

관세음은 화제를 돌렸다.

"그보다 그쪽의 상황은 어떠하냐?"

「다른 천불들의 움직임이 심상치 않습니다. 아무래도 조만간에…….」

"모두 하강(下降)을 시도할지도 모르겠구나."

「예…….」

관세음의 안색이 딱딱하게 굳어졌다.

지호에 대한 우려도 컸지만 당장 이쪽이 더 신경 쓰였다.

그런데,

「한데…….」

막내 제자의 목소리가 너무 딱딱했다.

"왜 그러느냐? 무슨 문제라도 생겼느냐?"

「문제는 하강을 시도하는 것이…… 천불만이 아닐지도

모르겠습니다.」

"설마?"

「예. 여래께서 자신의 사리를 모두 내놓으셨습니다.」

"……!"

관세음의 눈이 부릅떠졌다. 안색이 창백해졌다.

　—석가아아아아아아아! 대체 무슨 생각을 하는
것이냐아아아아아아!

그는 전혀 닿지 않을 하늘을 향해 포효했다.

언제나 대자대비하며 인자한 미소를 띠던 그는 더 이상
없었다.

악귀나찰처럼 얼굴을 잔뜩 일그러뜨렸다.

　—너는! 그대는! 정녕 이 땅을 부숴 버릴 참이
더냐아아아아아아!

지금쯤 그의 목소리는 천계를 쩌렁쩌렁하게 울리고 있을
터였다.

그래서는 자칫 자취를 숨기려 했던 노력이 헛수고가 될
수도 있었지만, 관세음은 그런 걸 신경 쓸 겨를이 없었다.

그만큼 영겁에 가까운 세월을 산 이래, 최고로 분노하고 있었다.

―**뭐라 말을 해 보란 말이다아아아아! 석가아 아아아!**

하지만 어디에서도 돌아오는 대답은 없었다.

무시하는 것이라고 봐야겠지.

석가여래가 자신의 사리를 모두 내었다는 것.

이는 다섯 천불들이 하계에 강림했듯, 천계에 있는 모든 부처들이 강림하게 될지도 모른다는 뜻이었다.

그렇게 된다면, 혼란스럽기만 한 저승의 모습을 이승에서도 다시 되풀이하겠단 뜻이 아닌가!

―**석가아아아아아아아!**

하지만 여전히 조용하다.

「스승님.」

"석가, 이자를 막아야만 한다. 어떻게든. 어떻게든⋯⋯!"

「스승님!」

"⋯⋯! 미안하구나. 면목이 없어."

관세음은 손바닥으로 이마를 짚었다.

머릿속이 뜨겁게 달아 터질 것만 같았다.

「그래도 어떻게든 제가 막아 보겠습니다. 그것을 위해 제가 이쪽에 남은 게 아니겠습니까? 저들 역시 절지천통을 무시한다는 것은 부담일 터. 어떻게든 방법이 있을 것입니다.」

관세음이 길게 탄식했다.

"네게 가장 많은 수고와 염려를 끼치게 하는 것 같아 미안하구나. 이 스승은 그저 도망치고 있을 뿐이거늘……."

「도리어 제가 바라던 것이 아닙니까. 괘념치 마십시오. 하면 다음에 연락드릴 때까지 보중하십시오.」

"그래. 하지만 언제든 명심하여라. 석가를 막는 것도 중요하지만, 무엇보다 너의 안위가 가장 중요하니라."

「명심하겠습니다.」

"정말 몸조심해야 한다. 난 네 아비가 화를 내는 모습을 감당할 자신이 없구나. 허허, 허허허……."

막내 제자는 그것이 부담을 덜어 주기 위한 스승만의 표현이라는 걸 알았다.

「감사합니다. 연이 되시거든, 나중에 아버지께 문안 인사나 여쭈어 주십시오…….」

목소리의 주인은 세상에서 가장 무서운 아버지를 떠올리

다 피식 웃으며 사그라졌다.

그의 법명, 선재동자.

우마왕의 하나밖에 없는 외동아들이자, 한때 손오공과도 대적한 적이 있었으나 지금은 관세음에 깊이 감복해 부처로서의 길을 묵묵히 수양 중인 자였다.

본명은 홍해아.

삼매진화를 부리며, 서유기에서의 파초선 일화로도 널리 알려져 있었다.

관세음은 가만히 눈을 감았다.

"미안하다. 정말 미안하다……."

그는 홍해아가 겪을 고초를 잘 알고 있었다.

석가여래가 그리 마음을 먹었다는 것은, 모든 준비가 끝났다는 뜻이니까.

홍해아 역시 그 사실을 알면서도 웃으면서 그리 말한 것이다.

도래할 말세를 짐작하고 있으면서도 은둔하고 있는 자신의 아버지를 다시 세상으로 꺼내기 위해서.

'내려올 부처. 대적할 신인.'

관세음은 곧 하계에서 벌어질 일을 되짚었다.

생각하는 것만으로도 끔찍했다.

그러다 문득 떠오른 생각에 눈을 감았다.

어쩌면 말세는 신과 부처들의 탐욕 때문에 벌어지는 것이 아니라,

'제천대성의 심판 때문에 찾아오는 건 아니겠지……?'

곧 탄생할 흉신의 업이 빚어낸 결과가 아닐까 하는 생각을.

50장

명교

천계, 도리천.

'이걸로 되었어.'

홍해아는 심령 간에 연결된 접속이 끊어진 걸 확인하고 씁쓸하게 웃었다.

"그동안 감사했습니다, 스승님."

지난날, 자신이 무슨 죄를 짓고 있는지도 모르고 다녔던 때. 아버지의 명성을 믿고 추악한 짓만 하고 다녔을 때에 처음으로 잘못을 꾸짖고 올바른 길을 걸을 수 있도록 인도해 주신 분이 바로 관세음이었다.

그런 분의 은혜를 조금이라도 갚을 수 있게 되었다는 사실에 감사했다.

"죄인, 홍해아는 당장 나와서 오라를 받으라!"

그때 저 밖에서 쩌렁쩌렁한 외침이 울렸다.

도리천이 흔들리는 게 아닐까 싶을 정도였다.

"여운을 가질 시간도 주지 않는군."

홍해아는 못 말리겠다는 듯이 고개를 절레절레 흔들면서 옷에 묻은 먼지는 없는지, 흐트러진 곳은 없는지, 다시 한번 점검하고 앉아 있던 의자 근처 서랍을 열었다.

그러자 접이식 부채가 하나 나왔다.

탁!

가볍게 펼쳐 보자 붉은색 바탕에 하얀 난이 쳐진 고풍스러운 그림이 그려져 있었다.

홍해아는 그것을 도로 접어 품 안에 갈무리하고는 정갈한 모습으로 전각을 나섰다.

밖에는 수십에 달하는 병사들이 진을 치고 있었다.

어디로도 빠져나가지 못한다는 듯 두 눈에 불을 켜고 있는 이들.

하지만 병사들의 눈가 한편에는 일말의 두려움도 섞여 있었다.

홍해아가 누구던가!

삼매진화라는 법술을 이용해 세상에 태우지 못할 것이

없어, 관세음을 대신해 세상 모든 악기를 정화하고 다녔다는 자.

하지만 그의 가장 무서운 점은 따로 있었으니.

"괜히 금수저 물고 태어났다고 욕할지도 모르지만……다들 자신 있는 거지? 우리 아버지 상대하는 거."

"……!"

"……!"

홍해아의 질문에 병사들이며 포박하러 온 관리까지 움찔거린다.

홍해아의 아버지를 누군지 어찌 모를까.

우마왕.

마(魔)의 시초이자, 과거 홀로 천계를 상대했던 자.

도리천 내에도 제법 오래 살았다고 자부하는 부처들은 아직도 우마왕 이야기를 하면 안색이 노래지며 자리를 피하곤 했다.

그만큼 우마왕이라는 이름이 주는 무게는 무거웠다.

"노, 놈! 감히 여래를 모시는 우리를 두고 겁박을 하려 드는 것이냐!"

"꼭 그런 건 아니지만. 뭐, 알고 있나 싶어서."

천연덕스러운 홍해아의 대꾸에 관리의 얼굴이 붉으락푸르락해졌다.

그럴수록 홍해아의 능글맞은 미소만 짙어진다.

꼭 누군가를 떠올리게 하는 미소였다.

"그만하면 되었다. 괜히 휘말릴 수 있으니 이제부터는 내가 상대할 것이니."

하지만 홍해아의 미소도 오래가지 않았다.

병사들 사이로 누군가가 걸어 나오자, 안색이 딱딱하게 굳고 만 것이다. 그러다 다시 안색을 회복하며 입술 끝을 비틀었다.

"천불께서, 그것도 천하의 범천께서 직접 이곳까지 왕림하실 줄은 생각도 못 했는데."

"사안이 사안이다 보니."

지팡이로 땅을 짚고 있는 중년인. 두 눈은 꼭 감고 있어 맹인인가 싶다가도 그는 정확하게 홍해아 쪽을 향해 있었다.

범천.

달리 브라흐마라 알려져 있으며 우주의 창생을 관장한다는 부처.

호세천부 내에서 제석천과 같이 수좌를 다툰다지만 세상에 나올 일이 크게 없다는 그가 직접 모습을 드러낼 줄이야.

또한, 홍해아가 도리천에 머물면서 관세음 다음으로 가

장 많이 따르던 자이기도 했다.

'쉽지 않겠네.'

홍해아는 마른 입술을 혀로 축이면서 슬쩍 안쪽 주머니를 매만졌다. 부챗살 끝이 느껴졌다.

"그러니 선재, 묻겠다. 지금이라도 모든 걸 내려놓고 투항해라."

"투항? 하면 살려 줄 거야?"

"관세음의 법신(法身)이 어디에 있는지 말한다면."

"후우! 그건 좀 힘들겠는데. 아는 게 없어서."

"그렇다면."

탁!

범천은 지팡이로 땅을 두들겼다.

"혼을 낼 수밖에."

물결이 출렁이면서 땅을 타고 홍해아 주변 전체를 감싼다.

그리고 어둠이 활짝 열리면서 그를 집어삼키려 했다.

범천의 능력, 물질창조. 무저갱을 만들어 그 안에 홍해아를 가둘 셈인 것이다.

"그럴 줄 알았어."

홍해아는 지체하지 않고 품속에 숨겨 둔 부채를 활짝 펼치며 휘둘렀다.

콰아아아아아아아앙!

부채 끝에서 어마어마한 광풍이 휘몰아치면서 무저갱을 그대로 '찢어' 버렸다.

검은 물결이 넝마처럼 갈가리 뜯겨 나간 가운데, 광풍은 그것으로도 모자라 홍해아를 둘러싼 모든 것들을 날려 버렸다.

방금 전까지 머물던 전각도, 그를 에워싸던 병사들까지도 전부.

상당수 병사들은 곤죽이 되어 절명하고 말았고, 그나마 숨이 붙은 이들조차 팔다리가 아무렇게나 꺾여 볼썽사납게 바닥을 구른다.

그들은 부채를 꽉 쥐며 의기양양하게 웃고 있는 홍해아를 보며 침음을 흘렸다.

"파, 파초…… 선……!"

세상 모든 바람을 부린다는 최강의 보패가 녀석의 손에 들렸을 줄이야.

오로지 범천만이 온전한 자세 그대로 서 있었다. 하지만 그 역시 뒤로 한참이나 떠밀려 땅바닥에는 지팡이가 긁고 지나간 자리가 고랑이 되어 남았다.

감은 눈 위의 눈썹은 살짝 움찔거린다.

"역시 믿는 구석이 있었구나."

"어머니가 천계에는 음험한 놈들밖에 없으니까 단단히 챙겨 두라고 하시더라고. 그리고 여기에 내 법술을 더하면."

콰콰콰콰콰콰콰콰!

이번엔 반대쪽으로 부챗살을 흔든다. 거기에 삼매진화를 더하자 어마어마한 불 폭풍이 불었다.

"어때? 끝내주지?"

"하계에 내려가기도 전에 제법 지치겠어."

범천은 가벼운 한숨과 함께 지팡이로 땅을 짚었다.

쏴아아아아.

대기에서 수증기가 응결되면서 다량의 물이 나타나 범천을 감쌌다.

퍼어어어어어엉!

─후후후후. 참 재미있게 돌아가는군.

그때 그들의 머리 위로 악귀 호자가 맴돌다 검은 안개가 되어 사라졌다.

스스스.

＊　　　＊　　　＊

이예는 광명종이 참 신기했다.

'이런 사람들만 있으면 정말 신이란 존재는 필요 없을지도 모르겠어.'

한쪽에서는 움직이기가 불편한 노인을 수레에 태우려 장정 네 명이 힘을 쓰고, 다른 한쪽에서는 꾀죄죄하게 생긴 아이가 울다가 어느 여자의 손을 꼭 잡고 어디론가 걸어간다.

멀리서 보면 가족이 아닌가 싶은 모습.

하지만 노인을 수레에 태우려는 장정들은 오늘 처음 본 낯선 사람들이었고, 꾀죄죄하게 생겼던 아이는 얼마 전 부모를 잃었던 고아였다.

광명종의 신도들에게는 '가족'이라는 개념이 없었다.

나이가 들면 모두의 어른이었고, 아이가 태어나면 모두의 아이였다.

물론 혼인을 하고 아이를 낳기는 하지만 크게 구애를 받지는 않았다. 모두가 살갑고, 착하며, 옳은 것을 옳다고 하니까.

배식이 시작되면 너 나 할 것 없이 가장 먼저 노인을 앞으로 세웠다. 그다음에는 아이를, 여인에게, 그러다 마지막에 젊은 청년의 순으로 받았다.

누가 짠 것도 아니었다. 그냥 당연하게 그렇게 여겼다.

그러다 보니 천산으로 가는 길은 험난할지언정, 사람들의 입가에는 웃음이 떠나질 않았다.

그들을 지키려 밤낮 없이 뛰어다니는 호교위영들도 그들의 모습에서 힘을 얻는 듯했다.

"……너희들도 있었다면 저기에 어울릴 수 있었을까?"

이예는 그런 신도들을 보며 불쑥 자신에게도 저럴 때가 있었지, 하는 깊은 추억에 잠겼다.

이제는 볼 수 없게 된 백성들.

옥황상제의 저주로 방황을 하다 자신을 따라 한없이 어둠 속을 맴돌아야 했던 그들이, 죽어서 만큼은 안식을 얻기를 바랐는데.

"그쪽도 많이 소란스럽다 하니 걱정이 되는구나."

이예는 고개를 들어 밤하늘에 걸린 달을 봤다.

저기 어딘가에 있을 항아가 벌써부터 그리웠다.

'지호, 너는 부디 그런 나의 길을 걷지 말아야 할 텐데.'

문득 차가운 눈을 하던 지호의 모습이 떠올랐다.

녀석이 매력적이었던 건, 아무리 격이 높아져도 여유를 잃지 않고 인간미를 잊지 않는다는 것이었는데.

하지만 지금의 눈빛에는 그런 모습을 전혀 찾아볼 수가 없었다.

마치 뭐랄까.

'상제의 눈…… 이라고 해야 하나?'

그래.

옥황상제의 눈에 가까웠다.

모든 것을 냉정하고 이성적으로 보기 시작한 눈.

하지만 그 속에는 짙은 분노가 흐르고 있었다.

나라를 잃고 옥황상제에 대한 분노로 하루하루를 살았던 자신과 무너진 명교에 원통해하며 석가여래와 싸움을 벌이려는 지호.

상황이 너무나도 닮지 않았는가.

그러니 걱정될 수밖에 없었다.

분노 끝에 뭐가 있는지를 잘 알기에.

문제는, 아무리 그걸 말로 해도 정작 당사자는 귀담아 듣지 않는다는 점이었다.

"저기……."

깊은 생각에 잠겨 있는데, 그때 옆에 누군가가 조용히 다가왔다.

뭔가 싶어 고개를 돌리니 어느 한 소녀가 그에게 그릇과 숟가락을 내밀었다.

이게 뭔가 싶어 멀뚱히 바라본다.

소녀의 얼굴이 붉게 확 달아올랐다.

"시, 식사하지 않으신 것 같아서요! 그, 그럼!"

소녀는 이예에게 그릇을 떠넘기다시피 주고는 헐레벌떡 반대편으로 뛰었다.

저쪽에 다른 친구들도 있었는지 저들끼리 '마, 말 걸었어!', '좋아! 이렇게 계속하는 거야!' 라는 속닥거리는 소리가 들렸다.

이예는 피식 웃으면서 숟가락을 들었다. 묽은 죽이었지만 제법 맛있었다.

"이거 항아한테 일러도 되냐?"

위쪽에서 들린 목소리.

이예가 눈을 동그랗게 뜨며 올려다본다. 지호가 씩 웃고 있었다.

"너……!"

"아아. 나도 마침 출출했는데 잘됐네. 안 먹으면 나 먹는다."

지호는 이예 바로 옆에 찰싹 엉덩이를 붙이고 앉더니 밥그릇을 빼앗아 먹었다.

장난기 가득한 모습.

원래 모습 그대로다.

"걱정 마, 새꺄."

"뭐?"

"내가 눈이 완전 돌았을까 봐 걱정했던 거 아냐?"

"……."

지호가 피식 웃었다.

"괜찮아. 그러니까 너무 신경 쓰지 마라."

이예는 담담하게 웃었다. 입꼬리가 살짝 올라갔다.

"그래도 금세 제정신을 차렸군."

"어. 어떤 새끼가 찬물을 끼얹어 주더라고. 정신이 확 깨던데?"

"여전히 시건방지고."

"그게 내 매력이잖냐."

지호는 낄낄 웃다가 숟가락을 입에 문 상태로 눈살을 좁혔다.

"그래도 좀 짜증 나긴 하단 말이지. 요새 나 호구로 보는 새끼들이 왜 이렇게 많지?"

"그렇게 보이니까."

"뭐 이 새꺄?"

"그래서 이제 어떻게 할 거지?"

"어쩌긴 뭘 어째. 두들겨 패야지. 상제고 여래고 간에 말 안 듣는 개새끼는 일단 패고 봐야 하거든."

고개를 외로 꼬며 껄렁껄렁한 태도.

이예는 저도 모르게 웃음을 터뜨렸다.

그래. 저거였다.

자신이 보고 싶었던 모습이.

"그보다 네 이야기나 해 봐."

"뭘?"

"요즘 항아랑은 어떻게 지냈어? 애는? 없어?"

"생각보다 잘 들어서지 않더군."

"너 혹시 그건 아니지?"

"뭘 말이냐?"

"씨 없는 수박."

"……돼지고 싶나?"

"안 그럼 왜 아직까지 소식이 없어?"

"그 주둥이, 화살을 처박아서 꿰매 버리기 전에 닥치는 게 좋을 거다."

"허! 너무하네. 그래도 명색이 내가 주군이거든?"

"내가 지난 반만 년 동안 원래 주군을 배신하고 다녔다는 것을 말하지 않았던가?"

"이 새끼 보소. 벌써 반기 들 생각부터 하네? 와! 하여간 머리 검은 짐승을 거두는 게 아니라는 말이 괜히 있는 게 아니야."

두 사람이 티격태격해 대는 소리는 밤새 그칠 줄 몰랐다.

달이 맑은 어느 날의 일이었다.

                    *   *   *

　황궁이 무너졌다는 소식에 세상이 들썩이기 시작했다.

　본디 명국은 너무 비대한 영토를 지니고 있었다.

　제, 진, 초라는 3국을 대신해 대륙을 다스리며 명교라는
종교적 특성을 이용해 억지로 묶고 있을 뿐이었다.

　그리고 그 중심에 황궁이 있었다.

　천자라 하여, 스스로 신인을 대신하는 제사장이란 권위
를 발휘했던 것이다.

　하지만 그곳이 하루아침에 송두리째 사라졌으니.

　이에 여태껏 강제로 짓눌려 있던 온갖 호걸들이 기지개
를 펴기 시작했다.

　먼저 각 지방에 최고 지휘부로 나아가 있던 오군도독부
들이 각 군병으로부터 충성 서약을 받았고, 새외를 정벌하
기 위해 장성을 넘었던 토벌군들이 말머리를 다시 중원으
로 돌렸다.

　황도를 지키던 사대 금의위는 마침 외유를 나가 횡액을
피했던 황족들을 새로운 황제로 옹립하면서 반란을 막고자
하였으나, 명분이 따르질 않았다.

　그 숫자가 무려 백만.

　명국을 수호한다 알려진 대군(大軍)이 갈가리 찢겨져 이

빨을 드러낸 것이다.

그 뿐만이 아니었다.

그 다음에는 각 지방에서 호족이 일어나고, 이에 질세라 민란이 벌어지며 새로운 군벌이 형성되었다.

심지어 무림 문파까지 명분을 들고 일어났으니.

'당금의 혼란은 명교가 만들어 낸 바. 이제야 그들의 거짓된 가면이 벗겨졌으니, 강호의 동도들아 일어나라! 사교를 이 세상에서 몰아내자!'

구대문파와 오대세가를 위시한 무림 문파들은 새로운 조직, 무림맹을 재빨리 결성하며 명교를 처단하기 위한 준비를 서두르기 시작했다.

바야흐로 난세.

백 년 간 평화로웠던 세상이 다시 시끄러워졌다.

＊　　　＊　　　＊

콰아아아아아아앙!

대지가 들썩일 정도로 큰 충돌이 벌어지고,

쉬시시시시식!

보는 것만으로도 살 떨리는 검기가 마구 난무한다.

핏자국이 사방으로 뿌려지는 가운데, 곳곳에서 격돌이 벌어졌다.

그리고 하늘 위.

이들을 내려다보는 존재들이 있었다.

"저대로 둬도 되나?"

이예는 손이 근질거리는지 어깨에 이고 있던 동궁을 몇 번이고 매만졌다.

"내버려 둬. 이 정도는 막아 내겠지."

지호는 냉정한 눈빛으로 싸움을 지켜봤다.

명교를 잡고자 불나방처럼 달려드는 강호인들과 이들을 어떻게든 막아 내는 호교위영.

특히 호교위영의 얼굴에는 피곤함이 가득했다. 하루가 멀다 하고 쉬지도 않고 기습이 계속 이어져 정신적으로 피로해진 상태였다.

이예는 동궁에서 손을 떼며 피식 웃었다.

"그 전에는 그렇게 감싸고돌더니. 이제는 생각이 좀 바뀌었나 보지?"

"그럴 수밖에 없잖아?"

지호는 들릴락 말락 작게 중얼거렸다.

"내가 언제까지고 지켜 줄 수 있는 게 아니니까."

그 말이 끝나기 무섭게,

콰콰콰콰콰콰!

땅거죽이 뒤집히면서 숲이 우르르 떨린다 싶더니 곧 모든 싸움이 그쳤다.

"다 끝났네. 가자."

지호는 축지를 밟아 전장으로 내려섰다.

주변은 온통 난장판이었다.

잘려 나간 그루터기들, 평지가 된 비탈, 곳곳에 흩뿌려진 시체들.

호교위영은 난장판 중심에서 거칠게 숨을 몰아쉬었다.

"허억…… 허억……."

그들은 안색이 너무 창백해 지호가 왔는데도 인사를 제대로 하지 못할 정도였다.

"됐어. 앉아 있어."

지호는 억지로라도 인사를 하려는 그들을 제지하면서 손을 가볍게 흔들었다.

황금색 바람이 불더니 곧 그들의 숨소리가 한결 편해졌다.

"이번에는 어디래?"

정윤의 안색이 살짝 어두웠다.

"화산파…… 였습니다."

"섬서에 있는?"

"예."

지호도 최근 강호에 명망을 떨친 아홉 문파에 대해서 알게 되었다.

소림, 무당, 화산, 아미, 청성, 종남, 공동, 곤륜, 점창.

모두 불교와 도교로 이뤄진 그들은 오랜 역사를 자랑하며 대개 석가여래와 옥황상제를 모신다.

이를 테면 지호와 명교를 눈엣가시로 여기는 이들인 것이다.

"더구나 이것은 서막에 지나지 않는다고 하였습니다. 이미 중원 각지에서 구대문파를 중심으로 무림맹이 결성되어 토벌군이 조직되어 있다고 하였습니다."

"위치는?"

정윤은 말하기를 머뭇거리다 대답했다.

"……무당파입니다."

원래 정윤의 사문이었던 곳.

지호는 허공을 응시하며 천리안을 활짝 열었다.

화아아아악!

72개의 봉우리를 따라 수많은 도관이 들어선 곳.

하지만 각 도관에는 각자 저마다 다른 깃발을 달고 있었다.

소림, 아미, 청성, 남궁세가, 당문, 백검문, 마환보, 사림, 신창가…….

구대문파뿐만 아니라 각 지역에서 내로라하는 문파들이 죄다 모였다.

이미 산맥뿐만 아니라, 인근 마을에도 쉬이 발 디딜 틈하나 없이 많은 사람들이 모였다. 그들의 허리춤에는 각자 병장기를 쥐고 있었다.

무당산.

무림맹이 결성되고 각지에서 올라온 무사들이 응집한 곳.

대략 보기에도 숫자가 만 단위는 넘어 보였다.

'나 하나 잡자고 이렇게 개떼처럼 모여?'

지호는 어이가 없어 헛웃음을 흘리면서 더 자세히 천리안을 당겼다.

무당산의 중심, 자소궁.

30명도 넘을 인원이 침통한 얼굴을 한 채 논의를 나눈다.

"이미 소림의 백팔나한은 물론이거니와, 사황문, 동천문, 수괴성까지…… 그리고 방금 전에는 화산파의 매화검수들 역시 힘들 것 같다는 전갈이 도착했소이다."

"아미타불. 아미타불."

"무량수불…… 하면 이를 어찌하는 게 좋단 말이오?"

"어찌하긴 뭘 어찌해요. 그래도 계속 싸워야지요."

"하지만 저들의 간악한 머리 위에는 도저히 종잡을 수 없는 자가 있지 않소?"

"자신을 신인이라 밝힌 마귀 말이오?"

"그렇소. 그자가 있는 한 싸움은 쉽지 않을 것이오."

"어찌하여 하늘은 그런 악독한 자에게 그러한 힘을 내리신 것인지……."

"대책을 강구해야 하오. 그렇지 않으면 마자 놈들이 끝내 중원을 가로지르고 말 것이오. 그래서는…… 혼란만 더 가중될 뿐이오."

"방법이 있겠소?"

"있소."

"호오! 역시 진인. 방법을 강구해 뒀구려. 하면 무엇이오?"

"그것은……."

어차피 잡자고 하면 얼마든지 잡을 수 있을 잔챙이들에 지나지 않는다.

지호는 놈들이 말한 '방법'을 찾고자 했다.

'찾았다.'

다행히 얼마 떨어지지 않은 곳에 있었다.

"명교의 위치는?"

"벌써 산서를 넘었다고 하더이다."

"축지라도 쓴 것인가? 어찌 벌써 그곳에 갔지?"

"도보로 움직였다 합니다."

"허! 그런……! 그 작자들은 제 주인을 닮아 죄다 초인이라도 되는 것인가!"

"차라리 잘되지 않았소? 멀리 움직일 필요가 없으니. 더구나 우리도 모두 모일 만큼 모인 듯하고."

"하긴. 이렇게 우리들 모두가 한데 모인 것이 어디요? 이렇게 한뜻이 된 적도 없었던 듯한데."

"왜 아니겠나. 백 년 전에 해와 달이 떨어졌을 때에도 이렇게까지 모이지는 않았었는데."

"그만큼 선인들 모두가 지금 사태를 정말 위험하다고 느낀 것이겠지."

"진인(眞人)께서 나서 주지 않으셨다면 이만큼 모

이지도 않았을 거요."

"하긴 이 모두 진인 덕택이요."

"자, 그러니 이번만큼은 진영 간의 논리는 따지지 맙시다. 우리가 바라는 건 단 하나. 신인, 아니, 흉신의 완벽한 말살이오."

"그러니 진인. 진인의 어깨에 걸린 무게가 큽니다."

"그렇소이다. 진인."

"납탑……!"

지호는 천리안을 풀었다.

한쪽 입꼬리가 비틀렸다.

'납탑, 이란 말이지?'

무림 문파들이 마련한 패라고 했던 것.

바로 선인이었다.

납탑도인을 중심으로 각지에서 선인들이 모이고 있었다.

낯익은 도원경을 비롯해 처음 보는 낯선 이들까지.

숫자는 대략 300여 명 정도 되는 듯했다.

연옥과 정토를 지우면서 상당수 줄었다고 생각했는데, 대체 어디서 그렇게 꾸역꾸역 모여드는 건지.

하지만 녀석들은 과연 알까?

지호가 여태 이때가 오기만을 기다렸단 것을…….

'거기다 나를 상대하는 데에 있어서는 천신과 부처가 서로 손을 잡았다? 너무 고마운데?'

"재미난 거라도 봤나 보군."

지호가 웃는 걸 보고 이예가 묻는다.

"봤지. 알아서 판을 깔아 준다는 데 너무 고마워서."

"하아! 대체 저 속에 능구렁이가 얼마나 든 건지."

이예는 지호가 마련한 계책이 뭔지 알 수 있었다.

"이거 때문에 여태 축지가 아니라 대이동을 고집했던 거로군. 한데 모아서 쓸어버리기 위해서."

지호가 웃었다.

"절지천통이 이뤄졌는데도 불구하고 신이며 부처 놈들이 하계에 계속 간섭하길래 어떻게 그럴 수 있는지 곰곰이 생각해 봤는데. 이거밖에 없더라고."

"신앙 때문이지."

"맞아. 그럼 신앙을 완전히 배제할 방법은?"

"……신도들을 모두 죽인다?"

"내가 살인마냐? 그딴 짓을 하게. 그것보다 더 쉬운 방법이 있지."

미소가 냉소로 변한다.

"신관들을 모두 지워 버리면 돼."

신을 모시는 이들, 신이 되고자 하는 이들, 신을 따르는 이들.

선인이란 존재를 하계에서 모두 말살해 버리면 천계는 하계로 향하는 모든 통로를 잃게 된다.

이예의 안색이 딱딱하게 굳었다.

"그 말, 무슨 뜻인지 알고 있겠지?"

"알지. 그런데 뭐? 어차피 천계와 싸울 거면 아래서부터 청소하는 게 낫지 않겠어?"

관세음과 대화를 나누면서 한 가지 사실을 깨달은 것이 있다면 이 세상은 너무 천계의 손에 좌지우지된다는 점이었다.

완전한 절지천통을 이루려면 딱 하나밖에 없다.

하계에서 신과 부처의 그림자를 모두 지워야 한다.

그러려면 신앙을 최대한 약화시키고, 신이란 존재를 완전한 형이상학적인 '개념'으로 치부하게 만들어야 했다.

신의 간섭이 모두 배제된, 하계를 만들려는 것이다!

이게 바로 지호가 관세음에게 말한 자신만의 '청소' 방식이었다.

지호는 어느새 진지한 눈빛으로 정윤을 돌아봤다.

"정윤."

"예."

"만약 내가 너더러 사문을 배신하라고 하면 어떻게 할래?"

"그건……!"

정윤은 말문이 턱 하고 막혔다.

사실 여태 기습이 있거나 할 때마다, 자신의 사문이거나 관련이 있는 적이면 해당 호교위영은 뒤로 빠지지 않았던가.

"다른 위영들도 마찬가지. 강요는 하지 않겠어. 다들 어떻게 할래?"

호교위영들은 섣불리 대답하지 못했다.

하지만,

"하겠습니다."

"싸우겠습니다."

하나둘씩 일어난다.

눈빛이 어느 때보다 진지했다.

"좋아. 너희들의 각오가 그러하다면."

신의 목소리가 정언(定言)이 되어 그들의 심장팍에 강하게 새겨졌다.

"그 각오, 어디 한 번 지켜보겠다."

지호는 손날을 바짝 세워 공간을 세게 그었다.

그러자 천을 가위로 오린 것처럼 비스듬하게 잘려나가면서 아래로 무당산 자소궁이 나타났다.

거듭 회의를 하고 있던 문파의 수장들은 싸늘한 느낌이 들어 고개를 위로 들었다가 전부 안색이 창백해졌다.

"마, 막아라!"

상석에 있던 무당파 장문인이 기겁을 하며 소리쳤지만 이미 기습은 시작된 뒤였다.

지호가 손을 뻗으며 외쳤다.

"휘몰아쳐라."

이윽고 불 폭풍이 불어닥치면서 자소궁을 그대로 불살라버렸다.

방금 전까지 논의를 나누던 수장들은 뼈도 남기지 못하고 모두 녹았다.

그리고,

우르르르르— 콰콰쾅!

봉우리가 붕괴되면서 어마어마한 양의 토사물이 그대로 지상으로 떨어졌다.

재앙이나 다름없는 산사태.

먼지구름이 자욱하게 하늘을 뒤덮으며 햇볕을 모두 차단해 어둠을 드리우고, 온갖 바위며 모래가 우박처럼 쏟아져 지상에 있는 모든 걸 집어삼킨다.

근방에 있던 문파들은 그대로 휩쓸려 나갔다. 비교적 멀리 있어 당장 위기를 모면했던 문파들 역시 다가올 2차 피해에 대비해야 했다.

"전원 산사태에 대비하라!"

"생존자는! 생존자가 있는지 어서 확인하라!"

"여기 사람이 깔렸다! 빨리 도와줘!"

지상은 이미 아수라장이었다.

"장문인! 장문인!"

"사제, 안 돼! 저곳은 위험하네!"

"하지만 어찌 이곳에 그냥 있을 수 있단 말입니까! 장문인이 저곳에 계실진대……!"

"지금은 제자들을 대피시키는 게 급선무야!"

어느 누구도 혼란을 막을 수 없었다.

하지만 그들에게 닥친 재앙은 그것만이 아니었으니.

"저, 저건 뭐지……?"

화아아아아아아악!

갑자기 지진이 다시 한 번 더 크게 일어나더니 하늘을 뒤덮던 먼지구름 사이로 구멍이 숭숭 뚫리면서 빛줄기가 아래로 떨어졌다.

72개의 봉우리를 따라, 호교위영이 나타났다.

콰콰콰콰콰콰!

지호는 그들보다 비교적 늦게 나타났다.

화안금정으로 빛나는 두 눈이 주변을 훑는다. 그리고 그에 따라 무당산을 둘러싼 온갖 강렬한 사념들이 뇌리를 강하게 쑤셔 댔다.

72개의 봉우리를 따라,

"네, 네가 어떻게 여길⋯⋯!"

각 문파들을 따라,

"어찌해서! 어찌해서 사문을 배신한단 말이냐아아아!"

경악이,

"놈! 네놈이 기어코 마자들에게 홀리고 말았구나!"

비명이,

"아아, 천지신명이시여. 어찌 이런 시련을⋯⋯!"

혼란이 무당산을 뒤덮는다.

"마자 놈들의 능력은 대체 어디까지 닿아 있단 말인가. 아직은 때가 오지 않았음인가?"

호교위영들은 각자가 나온 사문 앞에 섰다.
그리고 물었다.
"선택하십시오. 이곳을 떠나시어 봉문(封門)을 하시겠습니까, 아니면 계속 싸우시겠습니까?"

지호는 호교위영들의 얼굴을 모두 지켜봤다.
과연 그들이 호언장담한 대로 각자의 사문을 버리고 광명종의 편에 설 수 있는지.
다짐과 다르게 마지막에 마음이 흔들릴 수 있기 때문이었다.
설사 마음이 바뀐다고 해도 타박할 생각은 없었다.
그저 자신들이 왔던 곳으로 되돌아간 것일 뿐이니까.
단,
'그 뒤는 자신들이 알아서 책임질 일이지.'
다행히 호교위영 중 마음이 살짝 흔들린 사람은 있을지언정, 저쪽으로 다시 넘어간 이는 없었다.
그리고 다시 싸움이 시작되었다.
옛 정을 생각해 물러날 것을 종용한 충고를 받아들이지

않았을 때, 호교위영은 가차 없이 옛 사문의 사람들을 베어 넘겼다.

한때 그들에게는 혈연이고, 가족이고, 사부이고, 사제이고, 사숙이었을 이들.

하지만 지호는 잔인할지라도 그들의 과거라는 족쇄를 완전히 끊어 버리고자 했다.

광명종을 중원에서부터 분리시킬 필요가 있었기에.

자신이 물러난 뒤에 자신을 대신해 광명종을 지켜야 할 저들이 과거에 휘둘리지 않게 하기 위해서.

그렇기 때문에 몇 번이고 물러날 수 있는 기회를 줬다. 그리고 그때마다 저들은 광명종을 선택했다.

이제 그들은 지호가 사역(使役)하는 사도들이었다.

'이만하면 되었어.'

지호는 호교위영들을 뒤로한 채, 무당산의 하늘 위를 지나 가장 외곽에 떨어진 암자 부근으로 이동했다.

선인들이 대거 모여 있던 장소.

저들 역시 지호의 접근을 알아채고 단단히 진을 친 채로 기다리고 있었다.

저마다의 두 눈이 경악과 분노로 번들거렸다.

"도우우우우우우우우!"

분노에 찬 육합전성이 사방을 쩌렁쩌렁하게 울렸다.

납탑도인이 얼굴을 대춧빛으로 물들이며 검을 꽉 쥐고 있었다.

"오랜만입…… 아니, 오랜만이야, 납탑."

지호가 가볍게 손을 흔들었다. 예전처럼 존대를 해 주지도 않았다.

"어찌! 어찌 이런 짓을 저지를 수 있단 말인가! 도우 역시 신이기 전에 인간이었던 몸! 한데 어찌 이런 짓을!"

"그러게."

"지금 그걸 말이라고……!"

납탑도인의 들끓는 감정이 대기를 따라 퍼진다.

하지만,

"어. 말이라고 한 건데."

지호가 내뱉은 냉소와 함께 갑자기 주변 공기가 차갑게 내려앉는다.

"컥!"

"흐읍!"

선인들은 어깨를 짓누르는 어마어마한 무게에 안색이 창백하게 질렸다. 몇몇은 무릎이 금방이라도 지면을 찍어 버릴 듯이 후들거렸다.

"아, 그렇게 너무 억지 부리지 마. 너네들 주인들도 못 버렸는데 하인들 주제에 무슨."

퍼억!

순간, 몇몇 선인들이 압력을 버티지 못하고 그대로 짜부라졌다.

"이런."

실수했네? 라는 표정.

누가 악당인지 분간도 가지 않았다.

"도우우우우우우우우!"

결국 참다못한 납탑도인이 지호 쪽으로 몸을 날렸다.

쐐애애애애애애액!

다른 선인들도 함께 땅을 박찼다.

쉬시시시시시식!

수백 개의 기운이 소용돌이를 그리며 쏟아졌다. 보패, 선술, 이능, 어느 것 하나 가릴 것 없이 자신들이 자랑하는 모든 기예가 총망라되었다.

지호는 손날을 바짝 세워 공간을 비스듬하게 그었다.

공간을 따라 기다란 단층이 새겨지면서 위아래로 미끄러지고, 그 안에 담겼던 기예들은 모조리 터졌다.

지호는 단숨에 그 사이를 통과, 가장 앞에 있던 선인들과 맞닥뜨렸다.

퍼퍼퍼퍼퍼퍼퍼펑!

눈치가 빠른 선인들은 재빨리 몸을 뒤로 물리면서 즉각

다음 행동에 나섰다.

납탑도인이 있는 방향으로 손을 뻗었다.

"하면……!"

"뒤를 부탁하오!"

납탑도인이 무겁게 고개를 끄덕였다.

"그대들의 염원, 절대 잊지 않을 것이오."

곧 선인들은 희미한 웃음과 함께 수십 년의 세월을 한꺼번에 맞은 듯 얼굴에 잔뜩 주름이 늘어나더니 결국 절명했다.

대신에 납탑도인의 몸이 광휘로 젖었다.

격체전력.

자신들의 힘을, 수백수천 년의 수양을 오롯이 납탑도인에게로 넘긴 것이다. 아무 대가 없이.

휘오오오오오오!

납탑도인은 금방이라도 터져 버릴 것 같은 힘을 강제로 갈무리하면서 몇 단계의 경지를 단숨에 뛰어넘었다. 그리고 강신을 시도했다.

두 눈이 시퍼렇게 물든다. 쥐고 있던 검 위로 태극 문양이 솟으면서 신격이 완성된다.

진무대제가 절지천통을 넘어, 납탑도인의 몸을 빌어, 이 땅에 강림했다.

—제천대성! 오늘 이 자리가 너의 무덤이 되리
라!

진무대제는 여과 없이 분노를 드러냈다.

자신을 모시는 사당이 불에 타고 신도들이 마구 죽어 가
고 있거늘, 어찌 화가 나지 않을까! 더군다나 백 년 전 받았
던 치욕은 아직도 잊히질 않았다.

모습을 드러낸 건 진무대제만이 아니었다.

—그날의 치욕을…….

—내 아이들을 건드린 대가를.

—톡톡히 갚아 주마!

신격을 개방하여 강림을 마친 존재가 다섯.

"지랄 염병들을 한다, 진짜."

다섯 명은 모두 신이 아니었다. 셋이 신, 두 명은 부처였
다.

당장 서로 싸우고 있다는 것들이 지호 하나를 잡자고 잠
시 손을 잡은 꼴이라니. 적의 적은 친구라는 걸까?

더구나 선인들의 행태도 우습기만 했다.

선인은 철저한 개인주의자지만, 한편으로는 하계를 수호
한다는 사명도 갖고 있다. 그들은 지호가 하계에 패악을 끼
칠 존재라 판단했고, 제 목숨을 아낌없이 내놓아 신들을 도
로 불러들였다.

지호로서는 어이가 없을 따름이었다.

해와 달이 떨어졌을 때에는 제멋대로 굴던 것들이, 이제 와서 세상을 지키는 수호자 역할을 하니 마니 하고 있었으 니까.

하지만 그런 지호의 생각에 관심도 없는 듯, 진무대제를 비롯한 다섯 신과 부처들은 축지를 밟으면서 공격을 시도 했다.

한 명은 하체를, 다른 한 명은 어깨를, 심장을, 목을, 옆 구리를 각각 노린다.

방향도 위치도 각자 다르다.

어디로 피할 수도 없는 상황.

그때 지호가 손을 뻗어 흡(吸)자결을 유동했다.

마치 자석에 클립이 달라붙듯 놈들의 공세가 도중에 뒤 틀리면서 지호의 손아귀로 빨려 들어갔다. 아주 잠깐 다섯 신과 부처의 힘이 팽팽한 균형에 잠겼다.

그들의 얼굴 위로 당혹감이 흐른 순간, 지호는 와락 주먹 을 움켜쥐었다.

황금빛이 폭사한다.

힘의 균형이 와장창창 깨져 나갔다.

콰콰콰콰콰콰콰쾅!

"커헉!"

"꺄아아아아아악!"

놈들이 피를 쏟으며 죄다 튕겨 났다.

지호는 축지를 밟아 놈들의 뒤를 점거, 그대로 손날을 휘둘렀다.

막고자 하는 저항 따윈 의미 없었다.

손날은 놈들의 무기를 베고, 팔을 분지르며, 단숨에 목을 꿰뚫었다.

그야말로 압도적인 힘의 격차.

단숨에 강림이 깨지면서 진무대제를 제외한 나머지 네 신과 부처들이 모조리 봉신되었다.

"도, 도, 도망쳐!"

"젠자아아아앙!"

운 좋게 살아남은 선인들은 도주를 선택했다.

신과 부처도 단 몇 수만에 패퇴하지 않았는가. 제천대성은 이미 그들의 상상이 닿을 수 있는 범위를 넘어선 지 오래였다. 저런 놈을 잡으려면 최소 제석천 급 이상의 존재는 나타나야 했다.

그러나 그들도 몇 발자국 옮기지 못했다. 사방으로 새어 나갔던 황금색 빛줄기가 방향을 꺾으면서 그들을 모두 벴다.

결국 황금색 입자와 피가 잔뜩 쏟아지는 가운데, 납탑도인만이 살아남아 지호의 손에 붙들렸다. 마치 실 끊어진 인형처럼 대롱대롱 매달린 모습이 애처로웠다.

"정…… 말…… 끝을…… 볼 생각…… 이신가……?"

"물론."

"그…… 런……!"

납탑도인의 두 눈이 떨린다.

"이래야 조금이라도 경고가 되겠지. 그러니까 한 번 지켜봐. 너희가 모시는 신들이 얼마나 별 볼 일 없는지."

납탑도인은 순간 불안감이 엄습했다.

"무엇…… 을 하려고……?"

"그냥 봐."

"그만…… 하게."

지호가 축지를 밟는다.

"그만해에에에에에에에!"

납탑도인이 안색이 창백하게 질린 채 크게 비명을 질렀다.

하지만 비명 소리는 열린 공간 너머로 곧 사라졌다.

＊　　　＊　　　＊

지호는 죽은 어느 선인이 남긴 사념을 따라 이곳에 모습을 비치지 않거나, 자취를 감춘 다른 선인들의 근거지를 찾아 이동했다.

"누, 누구신……?"
때마침 가부좌를 틀고 명상에 잠겼던 선인이 두 눈을 부릅떴다.
하지만 지호는 가차 없이 손날을 휘둘러 목을 벴다.
핏물이 바닥을 홍건하게 적신다.
지호의 발자국이 찍혔다가 도중에 끊겼다.

"휴, 흉신이다! 막아라! 막아야 한다!"
지호의 접근을 알아차린 곳은 어떻게든 대비를 하려 했다.
경종을 울리고, 선인들이 모여들었다.
하지만 전부 부질없었다.
콰르르르르르—

"저, 전 당신을 적대하지 않았습니다! 한데 어찌……!"
"원망하려거든 지옥에 가서 해."

"……조용히 눈을 감을 수 있도록 해 주시겠소?"

"마음대로."

울컥!

눈을 감은 선인의 입술을 따라 선혈이 흐른다.

스스로 심맥을 끊었다. 자진한 것이다.

지호는 손을 흔들어 시신을 모두 태운 후에야 다시 움직였다.

팟!

"그만하게! 그만하래도!"

납탑도인은 어떻게든 지호를 뜯어말리고자 했다. 눈물을 쏟으며 오열을 터뜨렸다.

하지만 지호는 착실하게 선인들을 하나하나씩 일일이 제거했다.

거기엔 저항도, 투항도, 도망도 의미가 없었다. 사념을 따라 쫓으면 그만이니까.

구대문파의 각 사당도 모두 불살라 버렸다.

기실 지호가 여태 선인들을 정리하지 않고 내버려 뒀다가 오늘에 와서 한꺼번에 정리하는 것은, 천계에서 이곳을 내려다보고 있을 신과 부처들에게 확실히 경고를 하기 위해서였다.

이곳은 이미 나의 것이니 너희들은 절대 발을 붙일 생각

따위는 하지 말라는 경고. 곧 너희들도 이리 만들어 주겠으니 목 씻고 잘 기다리고 있으란 뜻도 담겨 있었다.

또한, 추후 광명종에 있어 방해나 걸림돌이 될 수 있는 것들도 사전에 정리해 두고자 했다. 자신이 사라진 뒤에 신과 부처들이 따로 손을 쓸 수 있으니까.

천계와의 연결 고리를 모두 끊어 버리려는 것이다.

그렇게 그날.

하계에서 모든 선인들이 사라졌다.

*   *   *

툭! 투두두둑!

뭔가가 끊어진다.

천계와 하계를 희미하게 잇던 단말(端末). 혹은 통로.

신과 부처를 모시는 자들은 통(通)이라 칭하는 천기를 읽는 방식 대부분이 끊어지고 있었다.

*   *   *

"들리지? 이 소리."

"그만…… 제발 그만하게……!"

납탑도인은 금방이라도 쓰러질 것 같은 얼굴이었다.

자신의 눈앞에서 모든 선인들이 죽어 나갔으니 정신적으로 피폐해질 수밖에 없었다. 더군다나 천계와 자신을 이어 주던 통로도 모두 막힌 게 느껴졌다.

아무것도 없이 발가벗겨져 세상에 내버려진 느낌.

영혼을 송두리째 내보인 느낌이다.

"제…… 발……!"

너무 괴로운 나머지 자결이라도 할까 싶었지만 그때마다 지호는 번번이 그를 되살려 놓았다.

"어째선가! 어째서 이리도 내게 시련을 주는 겐가!"

"……."

그때마다 납탑도인은 유독 자신만을 살려 두는 이유를 알고 싶었지만, 돌아오는 대답은 항상 짙은 냉소뿐이었다.

무당산에 집결된 무림맹이 무너진 뒤.

천하가 경악했다.

군벌들은 주춤거렸고, 호족은 발흥을 멈췄다.

아직 무림맹에 도착하지 않았거나, 떠날 차비를 갖추려 했던 수많은 세력들은 각자 살길을 모색하기 위해 지역적으로 뭉쳤다.

명교의 각 분파들은 광명종의 눈치를 봤다.

곳곳에 흩어져 때를 기다리던 광명종 신도들은 '대장정'이라 이름 붙은 그들을 따라잡기 위해 모여들었다.

광명종은 전진을 멈추지 않았다.

서쪽으로, 계속 서쪽으로.

7월 7일.

광명종이 드디어 산서 지방을 모두 횡단하고 섬서의 성계(省界)에 도착.

이때까지 아무도 광명종을 건드리지 못했다.

문파들은 저마다 봉문을 하거나 가산을 들고 어디론가 도망쳤으며, 백성들은 문을 굳게 걸어 잠그고 침상 밑이나 지하에 숨어 오들오들 떨었다.

오로지 광명종이 조용히 지나가기만을 바랐다.

그들의 눈에 광명종은 이제 마귀 집단이고, 재앙과 재해를 몰고 다니는 역신(疫神)이었다.

백귀야행. 귀신이나 요괴들이 집단으로 뭉쳐 행진을 한다는 전설이 그대로 재현된 것처럼 보였다.

다행히 광명종은 아무런 패악도 저지르지 않았다.

하지만 그들이 남긴 공포는 백성들의 마음을 좀먹어 나갔다.

7월 15일.

섬서에 들어온 지 얼마 되지 않았을 무렵, 무당산에서 동료와 식솔을 잃었다며 복수를 부르짖는 문파 21개 연합이 관도를 틀어막았다.

호교위영은 즉시 그들을 토벌, 본보기를 위해 대낮 길거리에다 효시(梟示)했다.

광명종에 대한 공포가 더 짙어졌다.

8월 3일.

여산 인근에서 처음으로 대규모 무리들이 광명종의 앞길을 가로막았다.

오랜 세월 동안 섬서 무림을 수호했던 화산파와 종남파를 주축으로 한 도가 계통 문파들의 연합이었다.

아침에 발발한 전투는 저녁 무렵에야 끝났다.

결과는, 도가 연합의 일방적인 패퇴였다.

8월 5일.

추격대가 선발돼, 화산과 종남산으로 파견되었다.

일부 문도들이 험한 산세를 이용해 저항을 시도했지만, 일제히 제압되었다. 어느새 호법사자에 등극한 정윤이 가차 없이 사당에 불을 질렀다.

또한, 장문인 예하 15살 이상의 문도들 모두의 목이 베이고, 산문 전체가 전소되었으며, 화산파와 종남파의 현판을 잘게 부숴 시내 저잣거리에 널브러지도록 했다.

그들을 따라 참여했던 모든 문파들에는 일제히 봉문을 명령했다.

그리고 다시는 문파가 흥기할 수 없도록 산 전체에 걸쳐 용맥을 따라 말뚝을 박았다.

기의 흥성이 막혔다.

8월 21일.

드디어 가지고 있던 식량이 모두 바닥났다.

광명종은 이미 전부터 상인 집단으로부터 식량을 매입하고자 애썼지만, 광명종과 거래를 트려는 자들이 없었다. 그들에게 연을 대는 순간 중원 내에서는 배신자라며 일가가 멸문지화를 당할 수도 있었다.

더구나 상인은 어떤 상황에서도 이권을 따지는 족속들.

매점매석을 통해 모든 식량을 보관해 광명종을 상대로 막대한 이문을 남기고자 했다.

하지만 그들의 계략은 수포로 돌아갔다.

천하 십대상단 중 한 곳인 만금상단에서 갑자기 식량을 싸게 내놓겠다며 줄을 댄 것이다.

또한, 그들은 광명종으로 개종을 하고 싶다는 의사를 밝혀 지호의 주관 하에 축복을 받았다.

덕분에 광명종은 다시 이동을 개시할 수 있었다.

8월 27일.

각지에서 모인 광명종 신도 3천여 명이 합류했다.

특히 그들 중 대다수가 한 차례 토벌이 일고 지났던 강서성의 주민들이라는 사실이 알려지자, 모두가 일제히 눈물바다가 되었다.

8월 30일.

황도어림군 중 한 곳인 주작군에서 파발이 도착했다.

현재 그들은 소강왕 이대문을 황제로 선포하고 황도에서 우세를 점거하고 있는 곳.

총독 마한선은 지금이라도 당장 신도들을 해산하고 자신들의 밑으로 들어온다면 지난 죄를 묻지 않고 크게 중용하겠다는 광오한 내용이 담긴 서찰을 보냈다.

호교위영은 즉시 그 자리에서 사신을 벴다.

그리고 그날, 황도에서 주작군의 총독과 소강왕이 피살된 채로 발견되었다.

8월 31일.

광명종이 '마술(魔術)'을 부린다는 소문이 퍼졌다.

9월 5일.

감숙의 도읍, 난주에 도착.

여기서부터는 사막 지대가 시작되기 때문에 만반의 준비를 갖춰야 했다. 만금상단을 통해 식량과 식수를 대규모로 매입하고, 수레를 정비했다.

그리고 닷새 뒤에야 겨우 새로운 장정이 시작되었다.

9월 10일.

난주의 주인, 주왕 이명선이 성문을 열지 않아 호교위영 다섯이 성곽 위로 뛰어 들어가 호위병 300명을 베고, 이명선의 목을 갖고 돌아왔다.

또한, 왕궁 내에 있던 모든 가산들을 몰수, 이것들은 대금으로 만금상단에 맡겼다.

9월 29일.

기련산을 통과할 때쯤, 처음으로 투항하는 자들이 생겼다.

놀랍게도 그들은 구대 문파 중 한 곳인 공동파 예하 감숙, 청해 지역의 문파 71곳이었다. 그들은 지난 종교를 버리고 개종을 하겠단 뜻을 확실히 밝혔다.

10월 4일.

갑자기 행군 내에 역병이 돌았다.

식수를 구하기 위해 길었던 일부 우물물에 독이 있었던 것이다. 즉시 지호가 해독을 하긴 했지만, 광명종 내에 분노를 하는 자가 많았다.

그때 광명종 앞으로 파발이 하나 도착했다.

사천 지방의 맹주, 당문·청성·아미를 위시로 한 오대 문파와 광명종의 득세를 보다 못한 군벌 네 곳이 연합을 하여 고수 3천명과 병사 9만을 갖춘 연합군이 선전포고를 하는 내용이 담겨 있었다.

7일 후, 명사산 인근에서 치열한 격전이 벌어졌고, 수많은 사상자가 모래 바람에 집어삼켜졌다.

10월 26일.

제어력을 잃은 강호 곳곳에서 다시 민란이 터졌다.

많은 사람들이 광명종의 행렬에 참여하고자 했다. 비록 신도들이 아닐지언정, 그들에게로 가면 배를 곯지 않는다는 말이 있었기 때문이다.

광명종은 그런 이들을 모두 한 마음으로 품었다.

11월 15일.
광명종이 드디어 옥문관을 통과, 새외에 들어섰다.

*　　*　　*

끼익. 끼익.
주변에 온통 보이는 것이라고는 오로지 모래뿐.
태양은 따갑고, 발은 모래 속에 푹푹 잠긴다.
오랫동안 사막 지대에서 살았던 유목민들조차 쉽게 지나지 못하는 곳이니, 평생을 풍요로운 중원에서 살았던 광명종 신도들에게는 힘에 겨운 여정일 수밖에 없었다.
하지만 신도 중 어느 누구도 불만을 내비치는 자가 없었다.
도리어 웃고 있었다.
시간이 지나면서 계속 지호와 호교위영들이 기초 무공이라도 익히게 해 체력이 붙은 것도 있지만, 그들의 마음속에 새로운 감정이 싹 트고 있었기 때문이었다.
희망.
오늘보다 내일이, 올해 보다 내년이 더 행복할 거란 희망이 있었다.

　여태 억지로 살아야만 했던 납탑도인은 왜 지호가 계속 자신을 살려 두는지를 뒤늦게 깨달았다.

　이건 자신에 대한 멸시였으며, 자신을 통해 세상을 보고 있을 천계의 위대한 존재들에 대한 조롱이었다.

　하지만 그가 여기서 할 수 있는 일은 없었다.

　무력감이 짙어졌다.

*　　　*　　　*

　광명종은 계속 사막을 건넜다.

　그동안 횡단하는 내내 많은 세력들이 저항하거나 투항하는 등 광명종에 대한 의사를 밝히고, 그때마다 광명종은 상황에 따라 유연하게 판단과 결정을 내렸다.

　특히 최근 들어 인근 유목민들이나 사막 민족들의 방문이 잦았다.

　그들은 중원과 달리 명교에 대한 차별이나 편견이 전혀 없는 데다, 중원을 떠들썩하게 만든 이들이 누군지 궁금해했다.

　그들을 지배하는 논리는 딱 하나. 바로 힘인 탓이었다.

　지호를 직접 배알하는 영광을 누리게 된 그들은 곧 개종을 맹세하며 자진해서 행렬을 돕겠다고 나서거나, 각 부족으로 돌아가 부족민들을 설득하기도 했다.

그렇게 신도들의 숫자가 급격히 불어나 어느덧 10만 명을 헤아렸다.

몇 안 되는 호교위영이 감당하기엔 너무 큰 규모.

하지만 어느 누구도 말썽을 일으키지 않으며 지호를 잘 따랐다.

그렇게 한참의 세월이 지난 뒤, 1월 2일.

새해가 시작되고 얼마 지나지 않았을 무렵.

횡단을 시작한 지 반 년도 넘는 세월이 흘렀을 때.

드디어 천산에 도착했다.

험준한 산맥. 시커먼 돌산.

신도들은 처음 천산을 봤을 때, 일제히 '어떻게?' 라는 의문을 던졌다.

강물 하나 흐르지 않고, 키 작은 잡풀과 앙상한 나무만 자라는 이런 황무지에 어떻게 정착할 수 있을까 하는 생각이 든 것이다.

하지만 지호는 그런 신도들을 이끌고 자신이 예지안과 천리안으로 봤던 장소를 찾아 묵묵히 이동했다.

"여기다."

병풍처럼 깎듯이 내질러진 절벽과 절벽을 지나, 협곡의 바다를 건너, 가파른 산비탈을 올라 광명종이 도착한 곳은 어마어마한 크기를 자랑하는 분지였다.

신도들은 여전히 이해가 되질 않았다.

분명 주변은 온통 협곡으로 가득해 여차할 시에 적으로부터의 공격에서 방어가 용이할 것 같았다. 더구나 분지도 엄청 큰 탓에 십만이 넘는 인구가 마을을 이루어도 4할이나 차지할까 싶었다.

하지만 이곳은 땅이 너무 퍽퍽했다.

다행히 모래가 아닌 단단한 암석 지반을 자랑했지만, 지면을 이룬 검은 돌은 대부분 구멍이 숭숭 뚫려 있는 데다, 가뭄으로 금이 곳곳에 가 있어 도리어 외곽 지역보다 더 못했다.

이런 땅으로는 아무리 개간을 해 봤자 농사를 짓는다는 것은 절대 불가능했다. 들어오는 입구도 좁으니 외부에서 물자를 조달하는 것도 힘들었다.

그러나 지호는 그들의 우려를 불식시키려는 듯 희미한 미소를 던지더니, 갑자기 하늘을 쳐다봤다.

"비가 오기 참 좋은 날씨지 않아?"

신도들은 하늘을 올려다봤다.

여전히 따가운 햇살이 그들의 얼굴을 때린다. 천산 인근

에 들어서면서 비를 본 적이 거의 없기 때문에 고개를 갸웃
거렸다.

"어……!"

그때 지호가 부풀어 오른다 싶더니 펑, 하는 소리와 함께
사라졌다.

갑작스러운 실종에 신도들은 당황하다가도 곧 등골을 찌
르르 울리는 느낌에 두 눈을 크게 떴다.

언제나 지호에게서 느껴지던 '기운'이 바람을 따라 팽창
하더니 그들을 지나, 하늘을 덮고, 분지를 덮는 것이 아닌
가.

덕분에 따갑던 햇살은 봄철처럼 따사로워지고, 후덥지근
했던 공기도 산속에 있는 것처럼 상쾌해졌다.

그 순간, 신도들은 깨달았다.

지호는 어디론가 사라진 게 아니었다.

바로 '이곳'에 있었다.

인간이라는 형상(形象)을 벗어던지고, 자연 그 자체가 되
어 그들을 감싼 것이다.

신도들 모두가 지호라는 거대한 품 안에 있었다!

"아아!"

모두가 감탄을 터뜨렸다. 두 눈이 환희로 젖었다.

그야말로 신만이 가능할 이적 앞에서 모두가 두 손을 모

으며 기도를 할 무렵,

"있으라."

신의 목소리와 함께 하늘을 따라 먹구름이 자욱하게 모이면서 빗줄기가 내렸다.

"비다! 비가 내린다!"

"정말 비가 오고 있어……!"

신도들은 간만에 맞는 촉촉한 비를 한껏 만끽했다. 여태 대장정을 하면서 쌓였던 피로며 모든 것들이 단번에 싹 씻겨 사라졌다.

하늘에서 구멍이 뚫린 듯 쉴 새 없이 비가 내리면서 퍽퍽했던 땅이 촉촉해졌다.

가뭄이 사라지면서 거북이 등껍질처럼 갈라졌던 땅이 한데 붙고, 과거 지하를 따라 흘렀던 지하수가 다시 차오르면서 지면 위로 모습을 보였다.

흔적만 남아 있던 도랑을 따라 자그마한 실개천이 만들어졌다.

산에서부터 내려오던 개천은 점차 양이 불어나면서 다른 개천과 연결이 되고, 연결된 개천은 강이 되어 분지를 따라 흐른다.

그러자 간만에 맞은 단비와 강물에 여태 힘을 잃고 허물어져 있던 나무가 힘을 되찾아 축 처졌던 고개를 빳빳하게 들고, 수풀이 맑은 녹색 빛을 띠면서 분지를 서서히 덮어 나갔다.

온통 척박하고, 텁텁하고, 까맣기만 하던 세상에 처음으로 부드럽고, 시원하고, 푸르른 세상이 덧씌워졌다.

신도들은 그저 멍하니 입을 쩍 하고 벌렸다.

그야말로 신만이 가능할 이적(異蹟).

아니, 과연 신이나 부처들 중에서도 이만한 솜씨를 발휘할 수 있는 존재가 몇이나 있을까 싶었다.

만물을 다스리고 짓는다는 도가 속 옥황상제나 태상노군, 불교 속 석가여래나 범천이 아니고서야 이게 가능이나 한 일일까?

민둥산이 서서히 초목으로 덮여 가는 것을 보면서, 신도들은 두 손을 모아 다시 한 번 기도를 올렸다.

지호는 자신의 품속에서 어린 양들이 보내는 무한한 찬사와 신앙을 한껏 받으며 속으로 미소를 지었다.

'생각보다 잘되었어.'

그는 오래전이었지만 아직도 어제 일처럼 생생한 우마왕과의 만남을 잊을 수 없었다.

마경.

우마왕이 스스로를 빚어 만들어 낸 또 하나의 세상.

바깥세상으로부터 버림을 받거나 자신을 숨기고 싶어 하던 이들을 위해 만들었던 터전은, 오늘날 지호에게 강렬한 영감을 줬다.

광명종 역시 세상으로부터 배척을 받았던 이들. 그들을 보호해 주기 위해서는 또 다른 세상을 만들어야 했다.

그래서 지호는 그때의 기억을 되살려 마경을 모방하고자 했고, 이렇게 천산에 새로운 터전을 내놨다.

하지만,

'이것으로는 부족해.'

아직 자신의 솜씨로 우마왕을 완전히 따라 하기는 힘들다. 여러모로 역부족이다.

그는 최초의 마(魔).

태초 때부터 살아서 여와와도 견줄 만한 존재이지 않던가.

이대로 분지를 초목과 강으로 덮어 놨다 한들, 이적을 거두는 즉시 얼마 가지 않아 다시 메마른 땅으로 되돌아가고 말겠지.

그러니 다른 방도를 써야 했다.

자신이 이적을 거두더라도 계속 이어져 나갈 수 있는 '별세계'를 만들어야만 했다.

다행히 지호에게는 아주 좋은 '재료' 들이 있었다.

'이제 어느 정도 기반은 만들어졌으니…….'

지호는 자신의 신위 쪽으로 고개를 돌렸다.

'모두 잘 부탁드리겠습니다.'

「그러지.」

「후후후후. 우리에게 맡겨만 두라고.」

「수미산 시절에나 했던 일을 이제 와서 다시 하게 될 줄이야. 그때로 돌아간 것 같아 재미있겠어.」

지호는 자신의 신위 안에 있던 모든 '가능성' 들을 맘껏 풀었다.

그렇게 본격적인 창조(創造)가 시작되었다.

*　　　*　　　*

첫 번째 달.

"있으라."

이대로 세상이 무너지는 게 아닐까 싶을 정도로 비가 한없이 내리던 날, 헐벗었던 민둥산은 원래 자신의 옷을 되찾아 입었고, 강물은 마치 몸속을 떠돌아다니는 혈관처럼 분지 곳곳에 강한 활력을 불어 넣었다.

신도들은 호교사자인 정윤의 주도 하에 앞으로 분지에 정착하기 위한 구체적인 계획을 짰다.

신인께서는 자신들에게 비를 내려 주고 땅을 마련해 주시는 것으로도 이미 큰 부담을 안고 계시니, 이후부터는 자신들이 스스로 자립을 하자는 생각에서였다.

글공부를 했다 싶은 선비들이 나서서 도시 구획을 세세하게 나누고, 집을 짓기 위한 수목 공급과 식량 공급을 위한 농사 계획도 마련했다.

신인이 은총을 내려 주신 이 땅엔 광명지(光明地)라는 이름이 붙었다.

두 번째 달.

한 달 내내 쉼 없이 비가 내리던 하늘이 처음으로 화창하게 개었다.

바람은 상쾌했고, 햇살은 따사로웠다.

이미 땅은 비옥해진 지 오래였고, 불어난 강물 역시 힘차게 흘렀다. 중앙에 난 여러 길을 따라 전(田)자 모양을 한 구획이 만들어졌으며, 가옥들이 하나둘씩 생겨 옹기종기 모였다.

아직 초보적이지만 마을과 도시들이 생겨난 것이다.

사람들 역시 저마다 농기구를 들고 논과 밭을 갈기 시작했다. 원래 장사꾼이었던 이들은 신도로 합류했던 유목민들의 도움을 받아 먼 여정을 떠났다.

각 마을의 중앙 광장에는 신인을 기리는 사당과 향로가 반드시 마련되어 있었다.

세 번째 달.

개간된 땅을 따라 벼와 보리들이 고개를 내밀었다.

신도들은 저마다 환호성을 터뜨리면서 기뻐했다.

특히 산자락을 따라 여태 보지 못하거나 중원에서나 봤던 새로운 나무가 자라고, 수풀이 꽃을 틔웠다는 말을 들었을 때는 놀라기까지 했다.

아름다운 꽃향기가 광명지를 따라 감돌았다.

네 번째 달.

광명지에 모두 열두 개의 도시가 완성됐다.

그중 아홉 개는 신도들에게 열려 마을을 형성했고, 나머지 세 개는 호교위영들에게 제공되어 본격적인 무술 수련이 시작되었다.

이미 일 년에 가까운 세월 동안 대장정을 하면서 신도들은 힘이 없다는 사실이 얼마나 가슴에 사무치는 것인지를 똑똑히 알게 되었다.

스스로를 지키기 위해서는 힘이 있어야 한다.

언제 다시 중원의 세력들이 핍박을 하러 올지 모른다는 강박 관념 하에, 수많은 피 끓는 청춘들이 무공을 배우겠다며 자원했다.

호교위영은 여기에 절대 차별을 두지 않았다.

재능이 부족하더라도, 나이가 많더라도, 성별이 여인이라도, 관심이 있다면 문호를 한껏 개방했고 필요로 하는 사람이 있으면 도와줬다.

모두가 공평하게 교육받고 힘을 얻을 수 있는 곳.

평등. 그리고 자비. 이 두 가지만큼은 반드시 지켜야만 하는 광명종의 정언이었다.

그들의 머리 위로 뜬 해와 달과 별은 다른 어느 때보다 총총하게 빛났다.

다섯 번째 달.

처음으로 광명지 안에 짐승들이 찾아왔다.

하늘에서는 사막에서만 살던 독수리뿐만 아니라 참새들이 날아다니고, 기러기와 홍학 같은 철새들도 잠깐 머물면서 휴식을 취했다.

불어난 강물에서는 물고기들이 뛰어다녔다.

자체적인 생태계가 만들어지고 있다는 신호였다.

여섯 번째 달.

들판을 따라 황금색 물결이 퍼졌다.

벼와 보리는 머리가 무겁다며 고개를 아래로 축 늘어뜨렸고, 밖으로 나갔던 장사꾼들은 간만에 돌아와 서역에 신기한 물건이 많았다며 이것을 중원에다 내놓는다면 막대한 이문을 챙길 수 있을 거라 기뻐했다.

마을은 언제나 구수한 밥 냄새로 가득했고, 아이들의 웃음소리와 아낙네들의 빨래하는 소리로 시끄러웠다. 어른들은 바둑을 두면서 뻘소리를 해 댔고, 장정들은 무술 수련을 하느라 어깨가 뻐근하다며 칭얼댔다.

광명지 곳곳에 다른 동물들도 나타났다. 노루가 뛰어다니고, 여우가 뭉쳐 다니며, 간간이 곰과 같은 위험한 녀석들도 보였다.

모든 이들의 입가에 미소가 달렸다.

모든 것이 풍요로웠다.

일곱 번째 달.

지호는 드디어 처음으로 휴식을 취할 수 있었다.

＊　　　＊　　　＊

그리고 약 30년.
한 세대가 흘렀다.

＊　　　＊　　　＊

신인께서 이르시길, '있으라.' 함에 첫 날에 아무것도 없던 텅 빈 우주에 처음으로 빛이 만들어져 곳곳에 내리운 어둠을 물리치고 세상을 두루 밝히니, 둘째 날에 또 '있으라.' 하심에 갈라진 세상을 따라 하나는 하늘이 되었고 하나는 땅이 되었으며 하나는 바다가 되었으며, 셋째 날에 또다시 '있으라.' 하시어 땅에는 나무와 초목이 우거지게 되었고…… 이에 넷째 날에 해와 달과 별이 만들어져…… 하늘에서는 날짐승이, 바다에서는 물짐승이, 땅에서는 길짐승들이 가득 차게 되었으니, 이들을 다스리라 하시며 우리들을…… 이에 마지막으로 일곱 번째 날에 안식(安息)을 취하셨도다……

……이리 하여 신인의 은총을 받은 이들이 흥성하여 세상 곳곳을 누볐다. 하지만 이들이 곧 얼마 가지 않아

자신의 탐욕과 우매함으로 신인의 가르침을 더럽히고 자 하매, 이에 신인께서 진노하시니 이르시길, '너희 마 귀들이 삿된 혓바닥으로 진실된 어린양들을 희롱하고 겁박하니, 내 그들을 너희들로부터 분리시켜 약속된 땅 으로 이끌어 번영과 광명을 누리게 할 것이니라.' 하시 었으니……

탁!

정윤은 일필휘지로 써 내려가던 붓을 벼루 옆에 놔두면 서 흐뭇하게 웃었다.

광명경.

최근 들어 자신이 완성하고 있는 경전의 이름이었다.

여태 명교 내에 전해진 경전은 여러 종류가 있었다.

특히 처음 명국을 탄생시킨 신녀가 남긴 경전은 초경(初 經)이라 하여 가장 가치가 높았고, 여러 성직자들의 해석 방식이 추가되거나 성인이라 추앙받은 이들의 말씀을 담은 경전도 있었다.

하지만 광명종에서는 초경을 제외한 모든 경전을 부정했 다.

그들이 봤을 때 광명종이야말로 명교 내 여러 수많은 분 파들 중에서 유일하게 신인의 선택을 받은 '진짜'였다.

그도 그럴 것이 삼십 년 전에 신인께서 직접 강림하시어 자신들을 대대손손 살아갈 땅, 광명지로 이끄셨고, 스스로를 희생하시며 그들에게 축복을 내리지 않았던가.

덕분에 광명종은 지난 세월 동안 무한한 번영과 광명을 누릴 수 있었다.

12개의 도시는 나날이 규모를 불려 어느새 광명지의 7할에 가까운 영역을 차지했고, 호교위영의 숫자도 계속해서 늘어나 어느덧 1만에 가까워졌다.

도시들은 풍요로웠고, 웃음소리는 멈추질 않았다.

특히 천산은 서역과 중원을 잇는 중심지.

당연히 교역에 있어 중간 거점으로서 최고의 기능을 발휘할 수 있었기에 직접 교역에 참여하는 것뿐 아니라 힘을 써서 상단들을 노리는 도적 떼나 유목민들을 직접 정리하면서 통행세 등을 거두는 등, 막대한 이문을 챙길 수 있었다.

이렇게 광명종이 광명지에 정착한 이래 나날이 세를 불리자, 위압감을 느낀 중원에서 몇 차례 정벌을 시도하기도 했다.

하지만 광명지 주변은 온통 앞뒤 분간이 가질 않고 식수도 찾기 힘든 메마른 황무지며 모래만 날리는 사막인 데다, 저들이 흑목애라 부르는 새카만 절벽은 험준하기 짝이 없어 공략하기가 힘들었다.

더구나 호교위영의 무력도 숫자가 불어난 만큼 절대 중원 무림에 뒤지는 것이 아니었으니.

그렇게 정벌을 압도적으로 막아 내고, 때로는 뛰어난 고수들을 중원으로 진출시켜 그들을 경악케 하여 광명종의 이름을 널리 알리기까지 했다.

결국 중원 내 광명종의 악명은 나날이 드높아졌으니.

마교!

이미 이곳은 마귀들이 들끓는 곳이라며 공포를 불러일으키는 곳이 되었다.

하지만 정윤을 비롯한 신도들 어느 누구도 그런 세간의 평가에 굴하지 않았다. 도리어 코웃음을 쳤다.

저들이 뭐라 하건 간에 자신들만 떳떳하면 그만이니까.

'단, 지난 명교처럼 망가져서는 안 되겠지.'

신도들은 부흥기를 겪고 있지만, 한편으로는 긴장을 놓지 않고 있었다.

그들 역시 가르침을 저버리는 순간, 오래전에 승천하셨던 신인이 다시 돌아와 그들에게 내린 모든 광명과 번영의 축복을 직접 거두시리라는 것을 알았기에.

정윤은 머릿속을 정리하면서 이만 자야겠다는 생각에 책을 덮고 천천히 일어서려 했다.

그러다 호롱불이 만들어 낸 그림자가 하나 더 있단 사실을 눈치채고 책상 옆에 놔뒀던 검집으로 손을 뻗어 뒤로 휘둘렀다.

하지만 검집은 너무나 쉽게 가로막혔으니.

"간만에 나누는 인사치고는 제법 매섭구나."

정윤은 자신의 손을 누르는 손길과 주인을 보고는 아연실색했다.

"시, 신인을 뵈, 뵙……!"

"쉿."

지호는 검지를 입가에 가져다 대면서 웃었다.

"아이들이 깨지 않겠느냐."

정윤은 두 눈을 크게 뜨면서 한쪽 무릎을 꿇었다.

지호의 미소가 짙어졌다.

"내 그동안 너희들이 제대로 따르고 있는지를 지켜보고 있었도다. 과연 명교를 이대로 둬도 되는 것인지. 너희들이 잘못된 전철을 따라가지는 않을는지."

"……!"

역시 그랬었구나.

"하지만 그 모든 것이 이 몸의 단순한 우려에 불과하다는 걸 이제 알게 되었음이니. 이제 마음

을 편하게 놓고 이만 이곳을 떠나고자 한다."

"부디 그런 말씀 말아 주십시오! 저희들은 아직도 당신
의 보살핌을 필요로 합니다!"

지호는 고개를 가로저었다.

**"무릇 아이는 장성하면 부모의 곁을 떠나야 하
는 법이니라. 너희들은 이제 어린양이라 할 수 없
으니 내 보살핌이 무엇이 필요하겠느냐? 그래도
잊지 말아 다오. 내 눈은 언제나 어디서나 너희들
을 따사로이 지켜보고 있단 사실을."**

스르르.

지호의 몸이 서서히 엷어진다.

정윤은 깨달았다. 이대로 지호가 사라진다면 두 번 다시
는 자신의 앞에도, 광명종의 앞에도 나타나지 않을 거란 사
실을.

그는 스스로 흐르는 세월에 묻혀 실존하는 존재가 아닌,
신화나 전설 속에서만 존재하는 신앙 속의, 허구 속의 존재
가 되려 하고 있었다.

"하면 이것 하나만 가르쳐 주십시오."

정윤의 목소리가 다급해졌다.

"말하려무나."

"신인께서는…… 아니, 아버지께서는 어디로 가시려는

것인지요?"

지호의 미소가 짙어진다. 반대로 몸은 거의 자연 속에 녹아들었을 때,

"저것들이 우리를 가리켜 마(魔)니 흉(凶)이니 한다지?"

"예. 불경하게도……."

"하니 이제 그것을 되돌려 주려 한다."

"무슨 말씀이신……?"

하지만 지호는 그 모습을 끝으로,

화아아아아.

자취를 완전히 감췄다.

그가 사라진 자리에는 빛의 입자만이 곱게 간 보석처럼 아름답게 반짝였다.

장난스러운 말을 잔잔하게 남겨 둔 채.

"아, 그리고 나를 찬양하는 그 서적, 과장이 너무 거창한 것 같으니 조금만 줄여 다오. 낯이 조금 간지럽구나."

51장

마(魔)의 종주

동이 트고, 천산은 새로운 하루를 시작한다.

지호는 그 모습을 하나도 놓치지 않으려 한참이나 바라보다 이내 몸을 돌렸다.

잔잔하게 흘렀던 미소는 어느새 사라지고 얼굴은 딱딱하게 굳어 있다.

마치 뭔가를 다짐한 듯이.

＊　　＊　　＊

"이제 가고 싶은 대로 가시오."

납탑도인은 삼십 년 넘게 자신의 단전과 혈도를 단단히 옥죄고 있던 기운이 사라졌다는 것을 느꼈다.

상쾌한 기분과 함께 활력이 돌지만 안색은 어둡다.

"이제야…… 날 풀어 주는군. 왜?"

슬픈 시선이 지호에게 향했다.

"당신도 그동안 보고 깨달은 게 많았을 테니까."

"……내가 뭘 할 것 같나?"

"마음대로 해. 다시 무당산으로 돌아가든, 봉신된 당신 신에게 귀의하든."

"…….."

"단, 결과는 지켜봐야겠지만."

"하하, 하하하하……!"

납탑도인이 갑자기 파안대소를 터뜨렸다.

지호는 여전히 담담했다.

뚝. 웃음이 그친다.

"자네가 할 일은, 정해져 있겠지?"

"물론."

"역시 그렇군."

납탑도인은 씁쓸하게 웃었다.

지난 시간 동안 지호에게 몇 번이고 애걸복걸했다.

제발 이 싸움을 멈추라고.

분명 신과 부처들이 잘못한 것이 사실이나, 명교가 이제 어엿하게 자리를 잡았으니 그만 분노를 접어도 되는 것이 아니냐고.

지호가 천계와 본격적인 전쟁을 치르려 하는 순간 무슨 일이 벌어질지 알 것 같아서였다.

하지만 지호는 초지일관 무시로 대응했다.

그리고 언제나 그에게 강제로 보였다.

세상이 어떻게 변하고, 신과 부처들이 얼마나 어리석었는지를.

천산은 나날이 흥성을 더해 가는 가운데 중원의 혼란은 쉽게 가라앉지 않았다.

지호는 더 이상 예전처럼 그런 혼란을 수습하지 않았다. 도리어 그 모습을 납탑도인에게 보이면서 툭 한 마디만 던졌다.

"저게 너희네 신들이 말하는 세상의 결과야. 어떻게 생각해?"

그 뒤로 납탑도인은 많은 생각을 해야 했다.

그는 한 평생 수도(修道)보다는 세상의 안녕과 평안을 위해 발 벗고 다니던 의인.

그런 그의 눈에도 세상이 뭔가 이상하다는 것이 조금씩 느껴진 것이다.

자신이 여태 세상을 위해, 하계를 위해 벌였다고 생각했던 모든 것들이 틀어져 있었다. 도리어 더 많은 갈등과 번뇌에 싸여 있었다.

이런 것들이 신으로부터 멀어진 지금에서야 보이게 될 줄이야.

마음 한쪽 구석이 잘게 부서지고 말았다.

그리고 이렇게 풀려났을 때.

납탑도인은 여러 생각을 안았다. 진무대제가 사라졌으니 이제 선인으로서의 능력은 대부분 상실했다고 할 수 있으나, 그렇다 해도 무림의 여느 고수들과는 비교도 할 수 없는 힘을 지녔다.

이제 이것을 두고 무엇을 할까?

할 수 있는 건 아주 많을 텐데.

납탑도인은 생각을 정리하고 몸을 돌렸다. 이미 지호는 어디로 갔는지 보이지도 않는다. 어디로 갔을지는 알 것 같았지만.

"……때가 되면 다시 만나게 되리라."

납탑도인은 짧은 생각과 함께 몸을 반대로 돌렸다.

우선은 중원으로 돌아갈 생각이었다.

혼란을 잠재우고 난 뒤에, 이 머릿속에 뒤죽박죽 산재한 생각들을 정리할 생각이었다.

* * *

쉭! 쉭!

지호와 이예는 나란히 달리면서 축지를 밟았다.

발을 옮길 때마다 공간이 계속 접히면서 발아래로 다른 풍경들이 나타났다.

"생각보다 너무 길어졌군."

"뭘?"

"이곳의 일. 이리 길게 갈 생각이 아니지 않았는가?"

"그랬지."

"그런데, 왜?"

"글쎄."

지호는 검지로 볼을 긁적였다.

이걸 뭐라고 해야 될까.

사실 말하자면, 그동안 그냥 모든 게 재미있었다.

예전에 이나은이 남겼던 명국을 관리할 때는, 뭐랄까, 조경사가 된 것 같은 느낌이었다. 그녀가 예쁘게 가꾼 정원이 망가지지 않도록 관리를 하는 조경사.

하지만 조경사가 손을 뗐을 때, 정원은 망가진다.

그저 보기 좋게만 가꿨을 뿐, 그 안에서 스스로 돌아가는 건 하나도 없으니까.

하지만 이번에는 달랐다.

처음부터 끝까지 모든 것을 만들었다.

이를테면 숲을 가꿨다고 해야 할까.

'이게 진짜 신이란 거겠지.'

그리고,

'가능성들도 부쩍 커졌고.'

창조를 계속 반복하다 보니 신위 속에 심어졌던 씨앗들이 드디어 두 번째 싹을 틔웠다. 수많은 허신들이 비로소 제 모습을 갖춰 가기 시작한 것이다.

"말 안 해도 뭔지 알겠군."

그런 지호의 표정을 읽고 이예가 피식 웃었다.

"날 따르는 백성들이 있다는 것. 그들을 위해 기쁘게 살아갈 수 있다는 것. 너는 너도 모르는 어느 새에 왕이 되어 가고 있구나."

"왕?"

"그래. 왕. 신이나 부처나 군주나 다를 게 뭐가 있을까. 어차피 왕(王)이라는 단어 자체가 하늘과 사람과 땅을 잇는다는 뜻일진대. 나도 그렇거니와 소호 금천도 그랬듯, 너도 제대로 된 길을 걸어가고 있다는 뜻이다."

이예의 눈빛이 침중해졌다.

"무릇 군주란 세상 모든 것 위에 있는 법이고 그 세상을 아름답게 경영해야 할 의무를 지니고 있다. 그것만 늘 명심하고 있으면 돼."

지호는 크게 고개를 끄덕였다.

저런 생각을 잊은 존재가 한둘이 아니었으니까.

"그럼 군주로서 첫 번째 일은 완수한 듯하고."

이예가 씩 웃으며 묻는다.

"두 번째는? 정확하게 뭐지?"

"백성들이, 신도들이, 편하게 살 수 있도록 하는 것."

"좋은 생각이다. 그런 뜻에서."

탁!

어느새 두 사람의 축지가 멈췄다.

"아군을 만든다는 생각 역시 아주 좋은 선택이지."

이예는 고개를 돌려 발아래 펼쳐진 협곡을 응시했다.

녹음이 잔뜩 우거진 협곡들이 나타난다. 그 사이사이로 강물이 굽이쳐 흐르며 맹폭한 기세를 드러내어 보는 것만으로도 아찔하다. 천산이 주는 느낌이 장엄함이라면 이곳은 아슬아슬한 느낌이 강했다.

삼문협.

잘못 발을 들였다가는 뼈도 추리지 못할 것 같은 곳.

"오랜만에 오는군."

이예의 입가에 묘한 미소가 감돌았다. 속을 알 수 없는 웃음.

"들어가자."

지호는 양손을 뻗더니 '무언가'를 단단히 쥐었다. 분명 아무것도 보이지 않는데도.

마치 문을 젖히려는 듯 강제로 팔을 잡아당기는데,

"감히 어느 누가 허락도 없이 마왕의 땅에 함부로 발길을 들이려 하는 것이냐!"

삼문협이 이대로 무너지는 게 아닐까 싶을 정도로 쩌렁쩌렁한 외침과 함께 하늘에서부터 뭔가가 내려와서 지호와 이예 앞에 섰다.

살이 에일 것 같은 지독한 마기를 흘리는 자.

복마전주와 복마전 선인들이었다.

우마왕을 측근에서 모시는 자들.

"네놈이 무슨 일로 여기에 온 거지? 이제 다른 놈들로도 모자라 우리들까지 해코지하러 온 건가?"

복마전주가 내보이는 건 명백한 적의였다.

지호가 천계와의 연결 고리를 끊기 위해 선인들을 모두 추살했다는 건 이미 선계에 파다하게 알려진 사실.

당연히 그들로서도 촉각을 곤두세울 수밖에 없었다.

"우마왕을 보러 왔어."

복마전주가 인상을 찡그렸다.

"주공이 네놈의 친구시더냐? 주공께서는 초대한 사람이 아니시면 아무도 만나지 않으신다. 경을 치기 전에 썩 꺼져라."

"그래도 봐야겠다면?"

"끝까지 고집을 부리겠다면."

스르릉!

복마전주는 허리춤에서 칼을 뽑아 사납게 웃었다.

"끝을 볼 수밖에."

지호도 마주 웃었다.

"너희들만으로?"

"못할 건 없지."

신과 선인의 싸움.

결과는 보이는 것이지만, 복마전주는 이대로 맞붙어도 자신 있다는 듯 의기양양했다.

여기서부터는 우마왕의 영역이니 지호와 이예의 힘이 많이 사그라질 수밖에 없다. 반면에 그들의 힘은 몇백 배로 증폭되어 당장이라도 지호와 이예를 잡아먹을 듯이 일렁였다.

하지만 지호가 화안금정을 활짝 열며 신위를 개방하는 순간, 맹렬한 기세가 사방을 휩쓸며 분위기가 반전됐다.

쿠르르르르르르르!

복마전주가 나타났을 때와는 비교도 할 수 없는 충격파가 삼문협을 강타했다.

"……!"

"……!"

협곡을 따라 굽이치던 강물이 갑자기 역류를 하면서 커다란 파도를 일으켜 협곡에 거세게 부딪치고, 정상에서는 무너진 바위가 비탈길을 따라 잔뜩 쏟아졌다.

복마전을 둘러싼 기운도 유리창처럼 잘게 깨졌다. 휘청거리며 피를 토하는 녀석들을 향해 지호가 손을 뻗자 맹렬한 기세가 회오리치면서 그들을 덮치려 했다.

"얌마! 그만해!"

"우핫핫핫핫! 우리 막내는 환생이나 아니나 성격이 참 지랄 맞구만!"

쾅!

교룡과 사타왕이 각각 복마전주 좌우에서 나타나 기세를 옆으로 흘린다.

하지만 그들 역시 주먹이 꽤 얼얼한지 가볍게 털었다.

지호는 화안금정을 거뒀다. 복마전주의 안색이 창백하게

질리며 숨을 몰아쉬는 게 보였지만 그쪽은 무시하고 교룡과 사타왕에게 고개를 숙였다.

"오랜만에 뵙네요."

"이제 와서 예의 바른 척하지 마라. 또 무슨 깽판을 치고 가려고."

교룡이 툴툴댄다.

지호가 피식 웃으면서 말했다.

"우마왕께 부탁드릴 게 있어서요. 그런데 계속 저렇게 앞길을 막네요."

교룡이 팔짱을 끼면서 콧방귀를 꼈다.

"네가 오죽 사고를 치고 다녔으면 저러겠냐? 무슨 말을 하려는 건지는 모르겠다만, 하여간 어여 들어와. 형님이 안에서 기다리신다."

"이미 제가 오리란 걸 알고 계셨겠네요."

"비슷해. 복마전주, 여기서부터 저놈은 내가 책임질 테니까 넌 좀 쉬어."

"그럴 수 없소."

복마전주는 안색이 창백하고 호흡이 거친 데도 흐트러지는 기색 없이 칼을 칼집 안으로 도로 밀어 넣었다. 지호를 노려보는 눈길은 여전히 거셌다.

"저자가 무슨 생각으로 여기에 나타났는지 반드시 알아

야겠소."

"하여간 고집은."

교룡은 혀를 가볍게 차면서 손으로 아무것도 없는 허공을 짚더니 그대로 밀었다. 그러자 공간이 열리면서 안쪽으로 마경이 드러났다.

지호는 과감하게 안으로 들어서고 그 뒤를 따라 이예와 복마전이 따랐다.

백여 년 만의 방문인데도 불구하고 마경은 크게 달라진 것이 없었다.

상쾌한 바람을 따라 사람들이 평화로이 논밭을 간다.

보는 것만으로도 산뜻해지는 광경.

다만 이전과 다른 점이 있다면,

'내가 참 사고를 많이 치고 다니긴 했나 보네.'

복마전도 그렇거니와 마경의 사람들 전부 지호를 노려보는 눈길에 차가움이 가득했다.

그렇다고 주눅이 들 지호는 아니었지만.

교룡과 사타왕은 마경을 대각선으로 가로지르다 어느 자그마한 정자에 도착했다.

연꽃이 잔뜩 핀 큰 연못 위에 설치된 정자.

"형님, 데려왔수다."

"그래. 그럼 마저 볼일 보게."

가만히 앉아서 홀로 바둑을 두던 우마왕이 고개를 끄덕이자, 교룡과 사타왕, 복마전은 조용히 자리에서 물러났다.

"나도 밖을 지키고 있지."

이예도 허공 속으로 녹아 사라졌다.

저벅저벅.

지호는 천천히 정자 위로 올라섰다. 연못과 연꽃의 냄새가 잔뜩 풍겨 묘한 광경을 자랑한다.

탁!

우마왕은 한참이나 고민을 하던 바둑돌을 마저 내려놓고 그제야 한결 기분이 좋다는 듯, 고개를 들어 지호를 응시했다. 검버섯이 자글자글하게 핀 입가가 벌어졌다.

"오랜만이구나."

"예. 오랜만에 뵙습니다."

"잘 지냈더냐."

"예."

"꽤 시끄럽던데?"

"그렇게 되었습니다."

"흘흘흘흘. 너를 볼 때면 자꾸만 예전의 막내가 생각이 나 참 재미가 있단다."

그러다 세상 모든 것을 담을 수 있을 것처럼 그윽한 우마왕의 눈동자가 이채를 발한다.

"이 늙은이를 데리러 온 게지?"

"예."

지호가 진중한 태도로 무겁게 고개를 끄덕였다.

"대가는? 이 늙은이는 꽤 비싸다네."

지호가 무뚝뚝한 어조로 말했다.

"마경, 전원의 목숨입니다."

다른 사람들이 들었다면 기겁했으리라.

감히 천계도 어쩌지 못했던 마의 시초이자 종주를 상대로 한 협박이라니.

그런데도 지호의 눈빛은 굳건했다.

"우리들의 목숨이라."

우마왕은 뭐가 그리 재밌는지 실소를 흘렸다.

그럴수록 지호의 안색은 더욱 굳는다.

"제 의지는 다르지 않습니다. 하계를 신과 부처의 손길로부터 완전히 배제시키는 것. 그러기 위해서는 그들을 격리시킬 필요가 있으니, 신과 부처의 길을 걸으려는 선인들 또한 없어야겠지요. 그런 면에서 봤을 때, 제 눈에 마경은 너무나 위험합니다."

"우리들은 세상에 관여할 생각이 전혀 없는데도?"

"신의 마음조차 저렇게 변덕이 죽 끓듯이 한데, 선인이라고 다를까요?"

"그렇군."

우마왕은 알겠다는 듯이 크게 고개를 끄덕이고는 따스한 미소를 던졌다.

"어찌 신이 되었다는 녀석이 이리도 허언을 만들려 하는 고?"

지호의 눈빛이 흔들린다.

"무슨 말씀…… 이십니까?"

"너무 무리하고 있구나."

"……."

순간, 지호는 말문이 턱 하고 막혔다.

우마왕은 잔잔한 미소를 지으며 허공에다 손을 가볍게 흔들었다.

그러자 탁상 위에 오른 바둑돌이 작은 입자로 잘게 부서 져 흩어지고, 대신에 자그마한 찻잔 두 개와 따뜻한 김이 모락모락 피어나는 찻주전자가 나타났다.

우마왕은 소매를 접으면서 손을 뻗어 찻주전자의 손잡이 를 잡았다. 주름이 진 손목이 살짝 드러났다.

"네게 어떤 무게가 짊어졌는지 안다. 절지천통. 오공도 려도 과거에 해내지 못한 것을 어떻게든 이루고 싶은 것이 겠지. 너의 신도들을 위해서라도, 아니, 하계의 모든 인간 들을 위해서라도."

"……전, 그렇게 거창한 게 아닙니다. 그저……!"

"센 척하는 것도 그렇고. 정말 막내 녀석과 똑 닮았어."

"……."

"이렇게 말하고 싶은 거겠지? 너는 그저 너만의 것을 지키고 싶을 뿐이라고. 한데, 그거 아느냐? 막내 녀석도 사실 처음 그렇게 말하곤 했던 것을. 부끄러워서 제 속내를 제대로 드러내질 않았던 게지."

"……그렇, 습니까?"

목이 살짝 멘다.

"그래. 해서 이 늙은이가 어떻게 해 주었는지 말을 했던가?"

"……들은 적이 없습니다."

"오공이 말 안하던?"

"예."

"흘흘흘흘. 쪽팔렸나 보구나. 한 대 쥐어박았단다."

"……오공이 많이 아파했겠네요."

지호는 쓰게 웃었다.

우마왕은 파안대소를 터뜨리며 지호 앞에 놓인 찻잔에 찻물을 따랐다.

"흘흘흘흘. 제깟 놈이 아무리 세상이 좁다 날뛰어 봤자 내 손바닥 안이니까. 그런 뜻에서 너도 한 대 맞아 볼 테냐?"

"죄송합니다."

"하여간 막내 아이고 너고 간에 조금 더 솔직해질 필요가 있겠구나."

"……."

"잘 안단다, 네 마음. 이제야 비로소 첫 걸음을 뗀 네 길은 너무나 어렵기만 할 것이니 다른 사람들에게 부담을 주지 않으려는 것이지? 하지만 당장에 있어 손길을 필요로하니 어쩔 수 없이 이리 악의를 홀로 감내하려는 것이고."

"……."

"어찌 너 혼자 짐을 짊어지려는 게냐. 때로는."

"……."

"때로는 같이 걸을 줄도 알아야 하는 법이니라."

"……명심하겠습니다."

또르르.

찻물이 가득 찼다.

"들거라."

지호는 가만히 찻잔을 내려다보았다. 맑은 찻물에 쓰게 웃고 있는 자신의 모습이 비쳐졌다.

이런 전개는 생각도 못 했었는데.

역시 우마왕은 자신보다도 더 한 발 나가 있었다.

저 깊디깊은 눈.

과연 태초 때부터 존재한 이가 쌓은 지혜는 다르다는 것
일까.

'같이 걸을 줄 알아야 한다고?'

지호는 홀라당 벗겨진 것 같아 조금 부끄러웠다.

그러면서도 한편으로는 미안했다.

여태 편히 조용히 휴식을 취하고 있던 우마왕을 강제로
세상 밖으로 끄집어내야 한다는 사실에.

"하면 지금은 내 도움을 필요로 하는 것이겠지?"

더 이상 숨길 건 없다.

"그렇습니다."

"이 늙은이가 무엇을 해 주었으면 하느냐?"

지호는 숨을 고르며 눈에 힘을 주고 말했다.

"부처들을, 모두 이 땅으로 끄집어 내리고자 합니다."

*　　　*　　　*

정자에서 한참이나 떨어진 곳.

바깥에는 복마전주를 비롯해 교룡과 사타왕, 그리고 붕
마왕 등 나머지 동주칠마왕이 기다리고 있었다.

이미 연못 주변은 보이지 않는 장막이 둘러쳐져 있어서

안쪽의 대화는 밖으로 노출되지 않았다. 그저 정자에 나란히 앉아 이야기를 나누는 지호와 우마왕의 모습만 보일 뿐.

"대체 무슨 이야기를 이렇게 길게 나누는 거야?"

교룡이 팔짱을 끼며 초조한 듯이 발을 까닥거렸다.

지호가 정자에 오른 지도 두 시진 째.

벌써 반나절이 훌쩍 지난 것이다.

그런데도 내려올 생각을 않으니 답답해질 수밖에.

"알 게 뭔가. 적이 된다면 베어 버리면 그만인 것을."

복마전주는 대놓고 이예를 노려보며 으르렁거렸다.

백여 년 전까지만 해도 서로의 목숨을 노리던 적. 그런 작자가 함부로 마경에 발을 들인 것이 심기에 거슬린 듯했다.

정작 노여움을 한 몸에 받는 이예는 그쪽으로 신경도 쓰지 않았지만. 그는 오로지 정자 쪽에만 시선을 고정시킬 뿐이다.

"이봐, 이예."

이예가 말없이 교룡을 돌아본다.

"넌 대체 무슨 생각으로 애송이한테 들러붙은 거냐?"

"……"

이예는 대답이 없었다.

"대체 그동안 저놈에게 무슨 일이 있었던 거야?"

"······."

"부처 놈들이 꾸미는 게 뭐고, 애송이는 뭘 하려는 거냐? 그동안 아무 소식도 없다가 갑자기 지금 왜 형님을 찾아온 건데?"

"······."

"넌 뭐 좀 알고 있지?"

"······."

"말 좀 해 봐. 답답해 죽겠으니까."

"······."

"야."

"······."

"야!"

"······."

"이 새끼가 진짜!"

교룡은 눈썹을 꿈틀거리다 한쪽 소매를 걷어붙였다.

"에이! 답답하기는! 그렇게 답답하면 일단 죽빵부터 갈기고 물어보면 되잖수!"

사타왕이 콧김을 거세게 뿜으며 당장에라도 달려들 듯이 굴었다.

피식.

그때 이예가 실웃음을 흘렸다.

"아무것도 모르고 있군."

"뭐?"

"……"

"얌마! 대답 좀 해 보라고!"

하지만 이예는 아예 교룡 등에서 시선을 거둬 다시 정자 쪽을 응시했다.

이젠 아예 대놓고 무시였다.

결국 참다못한 교룡이 폭발하려는데, 갑자기 모든 이들의 시선이 정자 쪽으로 향했다.

연못을 둘러싸던 장막이 걷혔다. 정자에 올랐을 때처럼 지호가 천천히 내려왔다.

복마전주는 인상을 찡그리며 지호를 한껏 노려보다 휙하고 지나쳐 정자로 들어갔다. 혹여 다른 무슨 일이 생기지 않았냐는 노파심에서였다.

교룡은 지호를 위아래로 훑었다.

'음? 이 새끼……?'

분명 들어가기 전까지만 해도 살벌한 표정을 짓고 있었건만. 그래서 분명 좋지 않은 대화가 오고 갈 것이라 생각했는데.

그런데 지금은 난감하다는 표정을 짓는다.

"형님과 무슨 이야기를 이렇게 길게 나눈 거야?"

"그러게요."

지호는 계면쩍어하는 얼굴로 검지로 볼을 긁적이더니 고개를 절레절레 흔들었다.

"역시 우마왕은 다 보고 있었나 보네요."

"뭔 소리야?"

"그러게요. 뭔 소리를 하는 건지."

"아오, 썅! 진짜! 이 새끼고 저 새끼고 왜 이렇게 답답한 소리만 자꾸 지껄여 대!"

교룡이 분통이 터진다며 길길이 날뛰었다.

하지만 지호의 쓴웃음은 더더욱 짙어질 뿐이었다.

우마왕이 아직 앉아 있을 정자 쪽을 가만히 응시하다 작게 중얼거렸다.

'죄송합니다.'

바로 그때, 마경이 흔들리면서 우마왕의 목소리가 곳곳에 울려 퍼졌다.

[아아. 이렇게 하는 게 맞던가? 간만에 이리 말을 하려니 조금 부끄럽구만. 흘흘흘흘.]

동주칠마왕과 복마전 모두가 하늘을 올려다봤다.

[이 늙은이는 지금부터 명교와 뜻을 같이하겠노라 약속을 하였단다. 쉬이 말해 이 나이가 되어 부처 놈들과 엎치락뒤치락하게 되었단 뜻인 게지. 늙은이를 이리 부려 먹으

려 들다니 참으로 고얀 놈이로고. 막내 녀석과 다르질 않아. 그러니 오늘부로······.]

농담을 툭 던지듯 끝말을 맺는다.

[마경을 해산하겠다.]

"······!"

"······!"

"주, 주공! 이게 무슨 소리십니까!"

"종주! 마경을 해산하다니요! 종주!"

"종주!"

전혀 예기치 못한 사태.

모두가 경악하면서 정자 쪽으로 몸을 날렸다.

[어이쿠! 다들 여기 볼 게 뭐가 있다고 이리 몰려드는 게냐!]

교룡도 달리려다 말고 걸음을 멈추고 지호를 돌아보며 멱살을 쥐었다.

언제나 의욕 없이 흐리멍덩하던 눈동자에는 어느새 분노가 가득했다.

"대체 무슨 짓을 저지른 거냐! 대체!"

지호는 이글거리는 교룡의 눈빛을 마저 보지 못하고 두 눈을 질끈 감았다.

"마경을…… 해산할 것이라뇨? 그렇게까지
는……!"

우마왕이 던진 한 마디는 지호마저도 충격에 빠뜨릴 정
도로 충격적이었다.

지호가 필요로 했던 건 그저 우마왕의 아주 작은 도움이
었을 뿐이었다.

그런데 왜 갑자기 뜬금없이 마경을 해체하겠다는 말을
하는 거지?

하지만 우마왕은 단호했다.

"정녕 모르겠느냐? 이게 무슨 말인지를."

"……모르겠습니다."

"이 늙은이 역시 너에게 거는 기대가 크다는 뜻이
란다. 이 갈 곳 없는 아이들을 아주 잠깐 손에서 놓
는 한이 있더라도."

"……!"

"나는 그리 본다. 정말 네가 바라는 것이 이루어
진다면. 그리만 된다면. 마경 역시 더 이상 필요로
하지 않는 그런 세상이 오리라고."

"……."

"하면 이 늙은이 역시 가진 것을 한 번 던져 봐야
겠지. 나는 이런 날만을 기다리고 있었단다."

우마왕은 분명 지호가 보고 있는 것보다 더 큰 것을 보고
있는 게 틀림없었다.

그래서 마경을 풀려는 것이다.

여태 세상으로부터 도망치기만 했던 이들을, 조금 달라
진 곳에서 살아 보라며.

언제까지 도망치면서 살 수는 없는 것이니.

그리고 모든 이야기는 일사천리로 진행되었다.

천계는 닫혀 있다. 부처들은 그곳에서 강림이나 강신이
라는 의식을 통해야만 내려올 수 있는 탓에 활동이 제한적
일 수밖에 없다. 석가여래의 사리를 이용해 이 땅에 머물렀
다지만 개수의 차이가 있기 때문에 모든 부처들이 강림할
수는 없는 터.

그래서 부처들을 모두 봉신시키고자 했던 지호는 우마왕
의 도움을 필요로 했다.

하지만 우마왕은 흔쾌히 도와주겠다고 하면서도 절대 다
른 동주 칠마왕과 복마전 사람들에게는 말하지 말라고 신신
당부를 했다. 그들을 끌어들일 수 없다는 데는 지호와 의견
을 같이한 것이다.

"대답해라, 손지호! 어서!"

그러니 그런 상황을 전혀 모르는 교룡으로서는 화를 낼 수밖에 없었다.

"어서어어어어어!"

지호의 멱살을 잡은 교룡의 손길에 힘이 바짝 실리는데, 갑자기 그의 목젖으로 이예가 소증을 갖다 댔다.

"거기까지. 이 이상은 용납 못한다."

교룡이 홱 이예를 돌아봤다.

"꺼져."

"못하겠다면?"

"그럼 뒈지든가!"

이예가 어깨에 이었던 동궁을 풀고, 교룡이 주먹을 말아 쥔다. 사타왕과 다른 동주칠마왕도 가세하면서 순간 팽팽한 긴장감이 흘렀다.

"그만!"

그런 두 진영 사이로 무형의 기운이 내려오더니 눈 깜짝할 사이에 이예와 동주칠마왕 간의 거리를 활짝 벌려 놓았다.

"에잉. 내 그리도 마경 내에서는 싸우지 말라고 일렀거늘."

그때 우마왕이 정자를 내려오며 크게 호통쳤다. 뒤에선

복마전주와 마경 사람들이 다급한 발걸음으로 따라왔다.

"교마, 사타!"

"예!"

"말씀하시우!"

"붕마! 미후! 우융!"

동주칠마왕이 몸을 부르르 떨더니 몸을 낮췄다.

그들은 의형제이기 전에 주종 관계로 맺어진 사이.

우마왕은 그들의 주인으로서 명령을 내렸다.

"너희들은 오늘 부로 명교의 사도가 되었다. 지호를 따라라."

"존명."

"존명."

"복마전."

"예. 하명하십시오."

"따라라."

"……존명."

복마전주는 뭔가 하고 싶은 말이 가득한 눈빛이었지만 이내 고개를 숙이며 허공으로 녹아 사라졌다. 복마전의 다른 선인들 역시 어둠 속으로 자취를 감췄다.

이제 그들의 목표는 우마왕을 보호하는 것이 아닌, 지호를 따르는 것이 되었다.

우마왕은 다른 마경 주민들을 돌아보며 말했다.

"그동안 꾸던 꿈은 끝났다. 이제 잠에서 깨야 할 때이니라. 모두 눈을 뜨거라."

그 순간, 그들을 둘러싸고 있던 마경 전체가 물 먹은 수채화처럼 흐려지며 사라졌다.

*   *   *

그날 저녁, 삼문협.

고즈넉한 밤바람이 내려앉았던 협곡 위로,

쿠쿠쿠쿠쿠쿠쿠쿠!

어마어마한 격동이 일어나 강물이 쉴 새 없이 절벽을 때리더니 별이 총총 박힌 밤하늘로 무언가가 떠올랐다가 사그라졌다.

*   *   *

아미산.

산문에서 얼마 떨어지지 않은 암자에서 눈을 감고 있던 제석천이 눈을 떴다. 두 눈이 금색으로 화려하게 빛났다가 사그라졌다.

"……오는군."

얼마나 기다렸던 순간인가.

─후후후후. 삼십 년 만이로군요?

그때 제석천의 등을 따라 검은 기운이 먹물처럼 퍼지다가 한데 뭉치면서 살랑살랑 춤을 췄다. 끝 부분이 살짝 일그러지면서 악귀의 형상을 띤다. 호자였다.

"명상을 하고 있는 동안에는 나타나지 말라고 하였을 텐데?"

명상에 잠기게 되면 비교적 외부로부터의 정신적 방벽이 약해질 수밖에 없다.

호자도 그걸 알고 다가온 것이리라.

하지만 녀석은 전혀 모르겠다는 듯 딱 잡아뗐다.

─무슨 말씀이신지 모르겠습니다. 저는 이제 나타난 것을. 설마하니 천하의 제석천께서 저와 같은 한낱 잡귀에게 위기를 느끼는 것은 아니실 테고.

제석천은 인상을 확 찡그렸다.

놈은 제석천의 자존심이 강하다는 것을 이용해 심기를 박박 긁어 댔다. 녀석은 제석천이 당장 자신을 어쩌지 못하리란 걸 잘 알고 있었다. 그렇기에 선을 넘을 듯 말 듯 아슬아슬하게 다가서면서 혹여나 빈틈이 생기지는 않을까 호시탐탐 기회를 노린다.

—그보다 여태 천산에서 꿈쩍도 않던 자가 다시 세상에 나온 걸로 봐서는 이를 단단히 갈았단 뜻일 텐데. 후후후. 재미나겠습니다.

지난 세월 동안 호세천부가 마냥 가만히 있었던 것은 아니었다.

그동안 천산을 공략하기 위해 무수히 있었던 무림의 여러 시도들. 그 뒤에는 항상 호세천부가 있었다.

아미산을 직접 움직여 광명종에 원한을 가진 문파들을 자극해 움직이게끔 만들고, 제석천 등은 그 속에 숨어 천산을 건널 때 무용을 드러냈다.

하지만 그때마다 호세천부는 번번이 실패했다.

일전에도 상대한 적이 있던 이예와 소호 금천이 나타나 그들을 막아설 뿐만 아니라, 무형의 장막이 천산 둘레에 쳐져 접근할 수가 없었다.

그것이 제천대성 자체임을 어찌 모를 수 있을까.

녀석은 천산만 무사할 수 있다면 외부는 어떻게 되든 전혀 신경 쓰지 않는다는 투였다.

아마 그 안에서는 광명종이 절대적인 신의 비호 아래 번영과 광명을 누리면서, 한편으로는 호세천부를 역습할 기회를 모색하고 있었으리라.

그리고 드디어 천산을 둘러싸던 장막이 걷히고, 제천대

성이 밖으로 발을 내디뎠다.

이제 부처 일파와 싸울 만반의 준비가 갖춰졌다는 뜻이 겠지.

우마왕을 부른 것도 그런 준비의 일환일 테고.

"멍청한 놈. 그것이 제 놈의 목을 옥죌 줄도 모르고."

제석천의 입가가 살짝 벌어지며 냉소를 지었다.

"준비는?"

─아직 완전히 다 넘어오지는 않았지만, 쓸 만은 할 것입 니다. 우마왕도 알고 있을 테지요. 후후후후. 오, 마침 오는 군요.

제석천은 호자가 말한 방향으로 고개를 돌렸다.

저 산 아래.

아주 작아 잘 보이지 않지만 누군가가 산길을 올라오고 있었다. 걸음이 아주 여유로워 겉으로 보기에는 불공으로 드리러 온 향배객 같다. 하지만 풍기는 존재감은 한낱 인간 따위와는 비교도 할 수 없을 정도로 강렬하니.

제석천의 눈에는 그것이 흉신의 걸음으로 보였다.

"그러고 보니 이와 비슷했던 적이 한 번 있었지."

아주 오래전. 수미산이 있기도 전에 아수라왕 비마질다 라와 전쟁을 벌였을 때가 문득 떠올라 웃음이 번졌다.

그때도 다들 제석천의 패배를 예상했지만 결국 승리는

이쪽의 것이지 않았던가.

승리와 영광은 언제나 자신의 것이었기에, 제석천은 이번에도 자신의 승리를 믿어 의심치 않았다.

"하면 우리도 가도록 하지."

제석천이 천천히 자리에서 일어나며 아미산 전체에 고루 퍼진 암자에 신의 목소리로 외쳤다.

  —호세천부는 모두 일어나 손님을 맞을 준비를 하라.

우르르르르르.

천산이 지호를 비롯한 명교의 기지(基地)가 되었다면, 아미산은 그동안 부처 일파의 기반이 되었다. 산맥 곳곳에 뻗쳐져 있던 영험한 불상들이 제석천의 부름에 반응했다.

아미산 전체가 떨린다.

전쟁의 서막이었다.

            *   *   *

교룡은 아미산을 올려다보면서 물었다.

"아이들, 많이도 울고 있었수다."

"안다."

"정말?"

"당연히 알지 않겠느냐. 내가 품었던 아이들일진대."

대답하는 우마왕은 어딘지 모르게 쓸쓸해 보였다.

"한데 왜?"

"언제까지 마냥 품을 수만도 없으니까."

"큼! 방해가 된다고 생각한 건 아니고?"

"그 아이들을 위험에 빠뜨리게 할 수는 없지 않으냐?"

"참 명분도 좋수다."

교룡은 알겠다는 듯이 콧김을 삼키면서도 영 마뜩치 않다는 듯 인상을 찡그렸다.

'언젠가 이런 날이 올 줄을 알았지만. 그래도 너무 급작스럽잖아?'

마경이 해체되었을 때, 눈물을 흘리던 주민들이 떠올라 마음 한쪽이 무거웠다.

우마왕은 여태 오랜 세월 동안 은둔을 택했다.

스스로가 가진 힘이 천계와 하계, 이승과 저승이라는 구분된 세상의 법칙을 흩트릴 정도로 강하다는 자각을 하고 있었기 때문이었다.

그렇기에 해와 달이 떨어져도 나서지 않았고, 손오공이 위험에 잠겨도 방관했으며, 선인들이 미쳐 날뛰어도 신경 쓰지 않았다.

하지만 이제야 와서 나선 이유.

더 이상의 방관은 세상에 독이 된다고 여겼기 때문이리라.

신과 부처가 미쳐서 날뛰는 지금, 우마왕이 나서지 않으면 되레 법칙이 혼란스럽게 될 테니까.

그리고 그런 행보에 있어 마경은 걸림돌만 될 것이다.

우마왕에게도, 마경에게도.

그래서 우마왕은 마경을 해체해 주민들을 자유롭게 풀어 줬다. 이미 그들은 세상에서 소외되었던 처음과 달리 자기 몫은 단단히 할 수 있게 되었다. 그래도 영 힘들다 싶으면 천산으로 가 보라고 권유했다.

이제 이 세상에는 더 이상 마경이라는 집단이 존재하지 않았다.

공식적으로 선인들은 모두 사라졌으며, 대신에 명교와 불교, 도교만이 남아 마지막 싸움을 벌일 준비를 할 뿐이었다.

게다가…….

"음."

"무슨 할 말이라도 있는 게요?"

"아니다."

쓸쓸하게 웃으며 고개를 가로젓는 우마왕.

교룡은 그 모습에서 불현듯 알 수 없는 불안감이 들었다.

그 생각을 떨쳐 버리고자 고개를 털며 몸을 앞으로 날렸다.

"여하튼 이따 봅시다, 형님."

우마왕은 벌써 저만치 사라지는 교룡을 보면서 작게 중얼거렸다.

"이제 정말 건널 수 없는 강을 건너게 되었는데. 이것으로 괜찮겠나, 관세음?"

스르르.

우마왕 뒤편에서 공간이 열리며 관세음이 나타났다. 얼굴에는 침통함이 가득했다.

—세상만사는 모두 인과율대로 흐르는 법. 태초 때부터 여와와 함께 살았던 그대라면 누구보다 잘 알고 있지 않은가?

지호와 헤어진 뒤, 관세음은 우마왕을 바로 찾았다.

홍해아라는 접점이 있는 두 사람은 어느덧 벗이라는 틀 안에 묶인 지 오래였다.

또한, 우마왕 역시 홍해아가 부처들의 수중에 있다는 걸 이미 알고 있는 바. 그런데도 여태 이렇다 할 행동에 나서지 않았던 건 정말 대단한 인내심이었다.

그리고 이제 그 아이를 찾으려 했다.

"알지. 알다마다."

―그렇다면 운명에 순응하는 수밖에. 이 또한 운명이지 않겠나.

"운명이라."

우마왕이 피식 웃었다.

"이 늙은이는 그딴 걸 믿은 적이 없는데 말일세. 언제나 이 손에 강제로 취해 오기만 해서."

지팡이를 쥔 우마왕의 손길에 힘이 바짝 실린다.

순간, 우마왕은 오랫동안 품속에 갈무리했던 기운을 한 껏 개방했다.

어마어마한 마기의 폭풍이 아미산을 강타했다.

쿠우우우우우웅!

갑작스레 닥친 기의 폭풍에 아미산을 둘러싸고 있던 영 험한 기의 방벽이 일순간 깨졌다. 화산이라도 폭발한 것처 럼 대단한 지진이 일어났다.

하지만 지호는 산을 오르는 내내 일말의 흐트러짐도 없 었다.

무심하게 걸음을 옮기다 곧 산문에 다다랐다.

어느 한 노승이 염주를 굴리며 그를 맞았다.

주지 무도였다.

"아미타불. 어서 오시지요. 안에서 기다리고들 계십니다."

"당신의 스승은 부처에게 먹혔군. 그래도 그들을 따르는 건가?"

순간, 무도의 눈동자가 떨렸지만 내색하지 않고 묵묵히 대웅전으로 안내했다. 대단한 수양이었다.

경내는 조용했다.

분명 며칠 전까지만 해도 많은 향배객들로 가득했을 테지만, 지금은 일부러 접근을 막은 것 같았다. 대신에 영험한 기운이 가득했다.

부처의 기운.

하지만 저들에게 흉신으로 인식된 지호에게는 맞지 않아 살갗이 따가웠다.

"이곳입니다. 하면."

지호는 물러나는 무도를 뒤로하고 대웅전의 문을 활짝 열었다.

가장 먼저 금박을 씌운 모니불과 좌우로 앉은 여러 불상들이 눈에 들어왔고, 그 앞으로 양쪽 길을 따라 쭉 가부좌를 튼 수십에 달하는 고승들이 눈에 들어왔다.

"옴 마니 반메 훔."

"옴 마니 반메 훔……!"

그들은 하나같이 두 눈을 감고 목탁을 두들기면서 진언을 외워 댔다. 그럴 때마다 대웅전 안쪽으로 파사와 벽마에 능한 기운이 회오리를 쳐 댔다.

살벌하기 짝이 없는 공간.

"호세천부만이 아니라 싸울 수 있는 전력은 죄다 끌어왔나?"

여태 볼 수 없었던 다른 호세천부의 천불만이 아니라 명왕도 보였다.

그런 녀석들이 거대한 만다라진을 갖춘 채 대기한다.

그 속으로 가는 건 허기진 호랑이가 있는 굴로 들어가는 것과 똑같은 짓이다.

하지만 지호는 아랑곳하지 않고 걸음을 내디뎠다.

—흉신이 되어 여기까지 행차를 할 줄이야. 차라리 계속 천산에 숨어 있지 그랬나?

제석천의 핀잔이 날아들었지만 무시한다. 노한 얼굴이 된 승려들을 가로질러 가장 중앙에 놓인 방석에 털썩 앉아 모니불을 올려다봤다.

"계속 가만히 앉아 있으려니 엉덩이가 간지럽더라고."

—그런가?

"그나저나 준비 꽤 해 놨네?"

지호는 고승들을 돌아봤다. 그들 안에는 여러 부처들이 강신해 있었다. 석가의 사리를 사용하면 강림까지도 가능하리라.

　　—그대에게서 자물쇠와 열쇠를 양도받아 곧장 저쪽으로 넘어가기 위해서지.

"이거?"

지호는 오른손을 활짝 펼쳤다.

손바닥 위로 붉은 석영과 하얀 애기살이 나타난다.

순간, 대웅전을 휘감던 만다라진의 기세가 살짝 흐트러졌다. 고승들에게 강신한 부처들이 술렁거렸다.

　　—저것은……!

　　—허어! 정말 려였던가!

　　—효마라니. 제천대성이 효마였다니!

　　—흉신은 흉신이로다. 윤회의 법칙을 따르면 영혼마저도 정화되어야 하거늘. 역시나 그 못된 업은 사라지질 않는 게로군.

　　—한데, 효마는 그때 찢겨 죽었던 게 아니었던가? 분명 우리들의 눈으로 확인했을 터인데…….

　　—아무렴 어떨까. 이리 눈앞에 증거가 확연하게 있는 것을.

　　—저것만 있다면.

―저것만 있다면 저승을 구제할 수 있을 것이
다. 모든 걸 다시 제자리로 되돌릴 수 있을 게야.

탐욕에 찬 시선들이 쏟아진다.

모니불의 휘광 역시 짙어졌다.

―역시…… 있었군.

지호는 다시 주먹을 쥐어 석영과 애기살을 거두고, 차갑
게 웃었다.

"그러니까 어디 재주껏 뺏어 봐."

―뜻대로 해 주지.

그 말이 끝나기 무섭게,

콰콰콰콰콰콰콰콰콰!

대웅전이 크게 떨리더니 모니불이 거구를 일으켜 지호에
게로 손을 뻗었다.

콰아아아아아아아앙!

아미파가 자랑하는 대웅전은 굉장히 컸지만 무너지는 것
은 한순간이었다. 폭죽 터지듯이 그대로 터지다 못해 주변
의 다른 건물들과 지반까지 그대로 무너져 내렸다.

희뿌옇게 치솟은 모래기둥 바깥으로 수십에 달하는 고승
들이 그대로 튕겨 났다.

폭발에 휩쓸린 탓에 그들의 몰골은 말이 아니었다.

바닥을 구르다 사지가 뒤틀리거나 뜯긴 이들이 더러 있

었고, 목이 돌아간 승려도 있었다. 어떻게든 충격파를 버텨 낸 이들 역시 속이 진탕이 되어 피를 잔뜩 흘렸다.

　보통 인간이라면 몇 번이고 죽었을 상처.

　하지만 승려들의 두 눈은 경악에 젖어 있으면서도 깊은 현기(玄機)를 담고 있었다.

　　—과연…… 흉신!

　　—제천대성, 무섭고, 무섭고, 또 무섭구나!

　　—이렇게 쉽게 당하지는 않겠다는 뜻이겠지!

　승려들 속에 담겨 있던 부처들은 하나같이 침음을 흘리 며 품에서 구슬을 꺼냈다.

　　—그렇다 하여도 네놈이 오늘 이곳을 빠져나갈

　　수는 없을 것이니라. 그대를 제물로 바쳐 이 땅에

　　비로자나를 탄생시켜야 함이니.

　우웅! 우우웅!

　부처의 사리가 일제히 공명하면서 빛을 발했다.

　승려들이 입었던 상처가 인과율의 법칙을 벗겨나 모두 사라지고, 대신에 부처의 강림이 완전히 이뤄져 휘광을 드 러낸 자들이 곳곳에 가득했다.

　　—옴 마니 반메 훔.

　　—옴 마니 반메 훔……!

　부처들이 진언을 외워 댈 때마다 휘광이 더 크게 빛나면서 서로 간에 연결이 되었다.

옴은 우주를, 마니는 지혜를, 반메는 자비, 훔은 마음을 뜻하는 바.

우주의 지혜와 자비가 만인의 마음에 골고루 퍼진다는 뜻이니, 달리 말하자면 부처의 뜻을 가져와 세상에 퍼뜨리고 마귀를 물리친단 뜻도 되었다.

갖춰진 만다라진은 부처들의 힘을 몇 배나 증폭시키면서 아미산 일대의 공간을 그대로 짓눌렀다.

쿠우우우우우우웅!

어마어마한 양의 영압(靈壓)이 가해지며 멀리서 보면 아미산이 그대로 짓눌리는 것 같은 착각이 일었다.

그리고 확 하고 흩어지는 먼지구름.

중심에는 3미터에 달하는 모니불의 주먹을 정면에서 맞받아치는 지호가 있었다.

휘오오오오오오!

만다라진의 영압과 모니불의 강격(强擊).

그 모든 것을 홀로 감내하는 지호의 얼굴에 핏대가 잔뜩 섰다. 화안금정이 다른 어느 때보다 거칠게 타올랐다.

　　—오늘 이곳에서 그대는 손오공이 그러했던 것
　처럼 윤회의 고리로 떨어지게 될 것이다.

모니불의 두 눈이 광명을 발한다.

지호를 찍어 누르기 위해 더욱 바짝 힘을 줬다.

"그래? 그럼 어디……."

지호는 냉소를 흘렸다.

"해 봐."

순간, 지호의 머리가 눈이 소복하게 내려앉은 것처럼 하얗게 새더니, 가슴팍을 따라 용의 비늘이 잔뜩 올라왔다.

반신반룡!

지호는 모든 힘을 개방하고 몸을 옆으로 힘껏 틀면서 모니불의 오른팔을 뜯어 버렸다.

좌아아아아아악!

분명 불상이 뜯어진 건데도 불구하고 하얀 피가 허공으로 튄다. 하지만 핏방울은 바닥에 떨어지기도 전에 지호가 일으킨 무시무시한 회오리바람에 휩쓸렸다.

"휘몰아쳐라."

콰르르르르르르르르르릉!

지호를 따라 불똥이 튀더니 곧 공간을 뒤트는 압력과 함께 화염이 크게 확 번지면서 불 폭풍이 일었다. 모니불은 불길에 그대로 얻어맞아 저만치나 튕겨 났다.

불 폭풍은 산자락 전체를 뒤덮으면서 그나마 남아 있던

산문 전체를 집어삼켰다.

그리고 널리 퍼지면서 만다라진을 그대로 부숴 버렸다.

와장창창!

—**이게 무슨⋯⋯!**

—**말도 안 돼! 어찌 이런 힘을!**

영압이 역류하면서 만다라진을 견고하게 이어 주던 심령을 박살 냈다.

부처들은 반탄력에 일제히 피를 토하면서 믿기지 않는다는 얼굴로 불 폭풍을 봤다. 몇몇은 강림이 풀릴 뻔해 석가의 사리를 꺼내야만 했다.

하지만 지호의 공격은 거기서 그치지 않았으니.

"내려라."

시뻘건 혓바닥을 연신 날름거리는 불 폭풍 사이사이로 황금색 빛줄기가 번쩍인다 싶더니,

위이이이이이이이이잉!

벼락 수십 개를 응축한 위력을 지닌 빛줄기가, 그것도 수백이나 달하는 숫자가 불 폭풍을 비집고 튀어나와 부처들을 후려쳤다.

퍼버버버버버버벙!

—척!

　—크아아아아악!

　공세가 너무 빨랐던 탓에 부처들은 어떻게 막을 겨를도
없었다.

　강림은 강신과 달리 본체를 이 땅에 드러내는 것.

　본체가 부서지고 후려쳐지는 느낌은 절대 좋을 수가 없
었다.

　석가의 사리로 목숨을 연명해야 하는 그들로서는, 굴욕
감이 들 수밖에 없었다.

　자신들이라면. 만다라진이라면 충분히 제천대성을 제압
할 수 있을 거라 생각했는데.

　이건 그 이상이지 않은가?

　**—이래서는 위험하다. 작전을 다시 짜거나 아
니면 우리도 공세에 참여해야⋯⋯!**

　—잠깐! 이건 뭐지?

　부처들의 얼굴이 잔뜩 일그러지던 와중에 갑자기 아미산
외곽에서 심상치 않은 기운이 느껴졌다.

　그들의 시선이 뒤로 향했다.

　그때 하늘에서 뭔가가 떨어졌다.

　그들과 비교해도 절대 뒤지지 않을, 어마어마한 영압을
가진 존재들이.

그러고 보니 여태 제천대성에 정신이 팔린 나머지 잊고 있지 않았던가.

아직 동주칠마왕과 우마왕이 나타나지 않았다!

*   *   *

"하여간 저 지랄 맞은 성격하고는."

"왜 그러슈. 난 맘에 쏙 드는구만. 음홧홧홧홧! 이렇게 거창한 싸움이라니!"

"너나 많이 즐겨. 이러다 피부가 탄단 말이야."

"아아. 우울하다, 우울해."

"……싸우기 귀찮은데."

아미산을 뒤덮은 불폭풍을 보던 동주칠마왕은 저마다 다른 감상을 내놓았다. 열기가 여기까지 전해졌다.

우마왕이 말했다.

"그럼 시작하려무나."

"그럽죠. 영 맘에는 안 들지만."

교룡은 귀찮다는 듯이 툴툴거렸지만, 곧 자세를 바로 갖추며 손을 웅크렸다.

발끝에서부터 새하얀 서기가 올라오면서 그를 감쌌다.

「그럼 한 번 잘 어울려 보세나.」

뇌리를 울리는 목소리.

그 목소리의 주인이 교룡의 의식과 동화가 되었을 때,

"그래도 영 못할 짓은 아니네."

「그래도 영 못할 짓은 아니라 재미있군.」

둘은 서로가 다르면서도 다르지 않은 존재가 되었다.

강신(降神).

교룡이라는 바탕 위에 신이 덧씌워진 것이다.

반호.

지호에게 깃들었다가 다시 눈을 뜨게 된 신은 이렇게 모습을 드러낼 수 있게 되었다.

그건 교룡만이 아니었다.

"으하하하하하하! 힘이! 힘이 마구 넘쳐난다아아아!"

사타왕은 과보의 힘이 더해져 넘쳐 나는 힘을 주체하지 못했고,

"이거 제법 마음에 드는데? 몸도 가볍고."

붕마왕은 팽조가 더해졌으며,

"이게 신격이란 거구나."

"그래도 빨리 끝내자. 집에 가서 쉬고 싶단 말이야."

미후왕과 우융왕도 다른 신들이 더해지면서 풍기는 영압이 수십 배로 증폭했다.

지호가 지난 삼십 년 동안 힘을 각성하고 허신들 역시 격

을 갖췄다고는 하지만 아직 완전한 강림을 이루기엔 여러모로 부족했던 바.

여기서 지호는 생각을 달리 바꿨다.

강림이 힘들다면 매개체를 통하자고.

그래서 마경을 선택했다.

동주칠마왕은 이미 가진 격(格)만 따진다면 웬만한 하급 신위는 초월한 상태였다. 그런데도 신이 되지 않았던 건 귀찮아서지, 절대 부족해서가 아니었다.

그런 존재에 허신들을 덧씌웠으니, 결과가 어떻게 되겠는가?

당연히 어마어마한 격의 상승을 이뤄 낼 수밖에 없는 바. 특히 허신들은 위(位)가 좀 더 또렷해지면서 자아를 확실하게 갖출 수 있었다.

우마왕을 제외한 동주칠마왕은 넘쳐 나는 힘을 주체하지 못한 채, 일제히 허공을 박찼다.

콰아아아아아아아앙!

그들은 궤적을 그리며 그대로 부처들의 머리 위로 떨어졌다.

당연히 부처들은 기겁하고 말았다.

끽해야 지호나, 지호가 부리는 소호 금천 등 아직 힘이 부족한 허신들만 상대하면 될 거라 예상했던 그들로서는 완전한 격을 갖춘 신들이 나타났으니 놀랄 수밖에!

콰르르르르르르르르!

가장 외곽까지 물러섰던 부처들이 먼저 튕겨 나고 말았다.

"안 그래도 요새 너네들 하는 짓이 통 마음에 안 들었는데. 잘 걸렸다. 키키키킥!"

교룡은 어느 부처의 모가지를 틀어쥔 채 사악하게 웃으면서 말이 끝나자 우악스럽게 뜯었다.

석가의 사리가 빛을 발하면서 재생이 이뤄졌지만, 마구잡이로 날뛰는 동주칠마왕을 감당하기란 여간 어려운 것이 아니었다.

사타왕은 '음홧홧홧! 기분 좋다아아아아!' 광소를 터뜨리면서 닥치는 대로 부처들을 마구잡이로 부수고, 붕마왕은 비교적 떨어진 곳에서 부채를 흔들어 불벼락을 연거푸 날려 부처들을 교란시킨다.

미후왕은 바람을 타고 부처들 사이를 누비면서 하나하나씩 충돌하며, 우융왕은 허리춤에서 검을 꺼내 허공을 마구잡이로 그었다. 그럴 때마다 날카로운 칼바람이 쏟아져 부처들을 몇 번이고 벴다.

쿠쿠쿠쿠쿠쿠쿠쿠쿠!

이런 상황에서 다시 만다라진을 다시 갖춘다는 것은 어

불성설이었다.

결국 이를 보다 못한 화천은 이를 바득 갈며 새로운 명을 내렸다.

—이래서는 혼란만 가중될 뿐이다. 먼저……
마왕과 허신들부터 처치하기로 한다.

부처들이 일제히 흩어지며 마왕 하나에 두세 명씩 달라붙었다.

콰콰콰콰콰콰콰!

아미산의 하늘을 따라 일대 격전이 벌어진다.

교룡은 화천과 충돌했다. 하지만 교룡은 녀석에게 비웃음만 던졌다.

"푸하핫! 너네들, 정말 저 새끼를 몰라도 한참이나 모르는구만?"

—무슨 소리를 하는 것이냐?

화천이 뭔가 놓친 게 있나 알 수 없는 불안감에 얼굴을 잔뜩 일그러뜨리는 찰나,

"원숭이가 날뛸 때 어떻게 날뛰는 줄 아냐?"

그 순간, 아미산을 뒤덮었던 불 폭풍이 사그라지고, 모니불을 압도적으로 밀어붙이는 지호가 나타났다.

쾅! 쾅! 쾅!

오른팔이 뜯긴 데다 불 폭풍에 그을려 휘청대는 모니불

이 균형을 잡으려 할 때마다, 지호는 간격을 바짝 좁히면서 연신 주먹을 휘둘러 댔다.

파괴력이 얼마나 대단한지 충돌이 벌어질수록 모니불의 형체는 처참하게 망가졌다.

남은 왼팔이 뜯기고, 오른쪽 다리는 무릎 아래로 완전히 깨진 상태였다. 복부에 세 개나 되는 구멍이 생겼으며, 가슴팍은 잔뜩 일그러졌다.

자비를 논한다는 얼굴도 반쯤 깨져 형태를 알아볼 수가 없다.

지호는 몸을 반 바퀴 돌리면서 오른쪽 팔꿈치로 모니불의 가슴팍을 후려쳤다.

콰아아아아아아앙!

가슴팍이 그대로 터져 나가면서 모니불의 상반신 전체가 박살이 났다. 하체는 한참이나 떠밀려 긴 고랑을 남겼지만 그래도 어떻게든 섰다.

지호는 하체를 마저 부수지 않고 고개를 들어 칠마왕과 부처들 간의 싸움을 응시했다. 화안금정은 아무 감정도 없이 무미건조했다.

그때 지호의 뒤편에서, 모니불의 발치를 따라 석가의 사리가 굴렀다. 지호가 한눈을 판 사이에 기습을 노리려는 듯 부서진 부분들을 재생시키려 했다.

"정말 무식하게 날뛰어. 무식하게."

교룡은 그걸 보며 걱정하기는커녕 히죽 비웃음을 던졌다.

그리고,

쉬시시시시시시식!

갑자기 지호 뒤쪽으로 난 그림자 위로, 갑자기 촉수 같은 것이 일어나 사방으로 뻗쳤다.

백 개는 될 법한 검은 그림자는 일제히 모니불을 덮치고, 칠마왕을 상대하느라 정신이 없는 부처들의 뒤쪽을 노렸다.

그림자는 곧 복마전이 되었다.

여태 그들은 지호의 그림자 속에 숨어 있었던 것이다.

그것도 모두 강신이 완료된 상태로!

까가가가가강!

복마전주는 칼을 마구잡이로 휘둘러 단숨에 모니불 하체의 남은 면을 모두 베고, 나아가 석가의 사리까지 쪼갰다. 파아아, 모니불이 가루가 되어 사라졌다.

하늘에서는 복마전이라는 거대한 해일이 부처들을 덮쳤다.

안에서는 복마전. 밖에서는 칠마왕.

양쪽에서 벌어지는 협공에, 부처들은 단숨에 손발이 어

지러워지면서 도저히 정신을 차릴 수가 없었다.

명교의 일방적인 공세였다.

콰콰콰콰콰콰콰콰콰—!

　—커어어억!

　—마, 말도 안 되는……!

잔뜩 부상을 입은 부처들이 허공으로 튀어 올랐다.

쏴아아아!

그럴 때마다 왼손에 쥔 석가의 사리가 빛을 발하면서 누적된 상처를 원상태로 되돌린다.

하지만 그러거나 말거나, 복마전과 동주칠마왕은 전혀 개의치 않는다는 듯 다시 따라붙으면서 녀석들의 사지를 베고, 심장에 칼을 꽂고, 목을 강제로 비틀었다.

　—쿠르르륵!

　—빌어…… 먹을!

부처들은 다시 석가의 사리를 이용해 상처를 지웠다.

하지만 피해를 없앤다고 해도 정신적으로 받는 타격은 클 수밖에 없다. 하물며 영체로 이뤄진 신과 부처라면 더더욱.

"정말이지 끈질기기는 거머리가 따로 없다니까. 이래서는 여자들한테 인기 없거든?"

"닥쳐라!"

붕마왕이 휘두르는 날카로운 칼바람에 몇 번이고 사지가 뜯겨 나가는 고통을 겪어야 했던 풍천은 일갈을 내질렀다.

'제길……! 대체! 어째서! 어째서 안 된단 말이냐!'

풍천은 이를 바득바득 갈았다.

지난 사건 이래, 그는 어떻게든 기예를 보다 더 효율적으로 다스릴 수 있는 방안을 찾기 위해 몇 번이고 연구했다.

그만큼 격도 위도 떨어지는 허신들 따위에게 농락을 당했다는 사실은 그에게 크나큰 마음의 상처로 남아 있었다.

이럴 수는 없었다.

부처 중에서도 천불에 해당하는 자신이 이리 당하는 건 절대 있을 수 없는 일이란 말이다!

콰아아아아아아앙!

풍천은 허공을 거세게 박차며 쌍장을 앞으로 내질렀다.

태풍을 한껏 응축한 힘.

산자락마저도 단번에 쓸어버릴 정도로 강해 구름이 삽시간에 흩어졌지만,

"정말. 하여간 이런 남자들은 그냥 말로 해서는 안 된다니까."

붕마왕은 부채를 활짝 펼치면서 크게 휘둘렀다.

무형의 장벽이 앞에 세워지면서 태풍은 이를 뚫지 못하고 다른 방향으로 꺾여 흘러가고, 이 때문에 다른 부처들이

되레 고난을 겪는 형국이 되고 말았다.

　—젠장!

　—대체 뭘 하는 것이냐, 풍천!

곳곳에서 힐난과 비난이 쏟아진다.

풍천이 잠시 멈칫하는 사이에,

"그러니까 쓸데없대도."

어느새 붕마왕이 바로 지근거리까지 다가와 나긋한 손길로 풍천의 허리에 팔을 둘렀다.

겉으로 보기엔 미녀가 남자를 유혹하는 듯한 모습.

하지만 그것은 먹이를 탐하는 독사의 그것이었다.

콰아아아아아아아아앙!

풍천은 등골을 따라 드는 오싹한 기분에 몸을 바람으로 화해 물러서려 했다.

그러나 붕마왕은 손길을 뻗어 그런 바람을 틀어쥐면서 품 안으로 잡아당겨 그대로 힘을 줬다.

그녀에게 강신한 신은 사유.

과거 들짐승을 먹고 날짐승을 길렀다는 신이다. 등에 여덟 쌍의 날개를 달고서 하늘과 지상을 자유롭게 오고 가면서 천계와 하계를 잇는 역할을 했다던가.

그렇다 보니 그에게 주어진 신위는 바람.

천산의 황량한 바람을 상쾌한 봄바람으로 바꾼 것이 그

이기도 하기에, 한낱 바람으로 변한 풍천을 놓친다는 것은 있을 수 없는 일이었다.

　결국,

　우두두두둑!

　다시 원래 모습으로 돌아온 풍천은 척추가 분질러지는 고통에 비명을 질렀다.

　"크아아아아아악!"

　"어머. 이 누나의 품을 벗어나려고? 못됐다. 누나가 잘해 줄게."

　붕마왕은 악력으로도 모자라 체내로 침투경까지 불어넣었다. 풍천의 기맥과 혈도가 잘게 부서지거나 터지면서 칠공으로 피가 쏟아졌다.

　"제…… 기랄……!"

　풍천은 다시 사리의 힘을 빌어 부활을 시도하면서 붕마왕을 어떻게든 떨어뜨리려고 했다.

　하지만 쉽게 될 수 있을 리가 만무한 일.

　풍천이 발버둥을 칠 때마다 붕마왕은 몇 번이고 사유의 권능을 빌어 풍천을 악착같이 놓지 않았다.

　"몇 번이고 되살아나 봐. 그때마다 몇 번이고 죽여 줄 테니까."

　"……!"

쏴아아아! 우두둑!

쏴아아아아— 우두두두둑!

부활과 분쇄, 부활과 분쇄가 계속 되풀이되다가 끝내 석가의 사리에서 빛이 바래지기 시작했다.

풍천은 진심으로 생명의 위기를 느꼈다.

여기서 죽는다고 해도 진짜 죽는 것이 아니지만 자칫 수천처럼 봉신이 될 수도 있는 노릇이라, 그것은 죽음보다 더 가혹한 형벌이었다.

"좋다! 내가 혼자 당할 줄 알았더냐!"

풍천은 이를 악물고 붕마왕을 우악스럽게 안더니 허공을 박차 지상으로 급전직하했다.

붕마왕의 눈이 커졌다.

녀석이 뭘 노리려 하는지 알 것 같았다.

동귀어진!

하지만 녀석의 의도는 쉽게 이뤄지지 않았으니.

"이건 또 뭐야?"

갑자기 사타왕이 공간을 열고 나타나더니 우악스러운 주먹으로 풍천을 있는 힘껏 후려쳤다.

풍천은 팔다리가 너덜너덜하게 뜯긴 채 튕겨 나 땅바닥을 거칠게 굴렀고, 붕마왕은 가까스로 균형을 잡아 무사히 착지할 수 있었다.

"고마워."

"누이도 저깟 놈에게 당하면 어떡해? 정신 똑바로 차리라고."

"알았으니까 어서 쫓⋯⋯!"

하지만 붕마왕과 사타왕은 바로 풍천을 쫓아갈 수가 없었다.

여태 사타왕과 싸웠던 부동명왕이 공간을 찢고 나타나 쌍장을 내질렀기 때문이다. 부동명왕은 비록 호세천부에는 들지 못했지만, 오대명왕 중에서 최강이라 불리는 자. 전투력에 있어서만큼은 도리어 천불들도 하수로 여길 만큼 강하다 보니 붕마왕과 사타왕도 경계심을 가져야만 했다.

지이이이이잉! 지이이이이잉!

녀석의 손목에 차여 있던 팔찌가 크기를 부풀리더니 톱니처럼 자글자글한 이빨을 잔뜩 드러내며 허공을 가로질렀다.

전륜환!

닿는 것은 부처라 할지라도 영혼마저 찢어 버린다는 보패가 날아들면서 그들의 목을 치려 한다.

"어쩔 수 없구만! 누이, 내 뒤로 물러나!"

"뭘 하려고?"

"재미난 걸 보여 주지. 후으으으읍!"

사타왕은 한껏 숨을 크게 들이켜 대기를 따라 흐르는 기를 빨아들였다. 강신한 과보의 신위가 거기에 맞춰 반응을 하면서 그의 몸뚱이가 일순 수십 배로 불어났다.

"너……?"

장장 7미터의 크기를 자랑하는 거인이 된 사타왕을 보며 붕마왕이 놀란 눈이 된다. 사타왕은 싱긋 웃어 보이면서 전륜환을 향해 주먹을 휘둘렀다.

"으랏차차차차차차차!"

콰지지지지지직!

대기가 그대로 떠밀리는 것 같은 무지막지한 힘과 함께 전륜환은 사타왕에게 닿지도 못하고 튕겨 나 제자리로 돌아갔다.

하지만 부동명왕은 여기서 싸움을 그칠 생각이 없는 듯, 허공으로 몸을 띄워 전륜환을 거두면서 사타왕의 두터운 목에다 힘차게 내리찍었다.

쐐애애애애애액!

그때 붕마왕이 축지를 밟아 부동명왕 앞에 나타나 부채를 접으며 전륜환을 막았다. 그러면서 몸을 틀어 왼손을 오므렸다가 펴면서 탄지를 날렸다.

쿠쿠쿠쿠쿠쿠쿠—!

그러나 이 역시 어느새 신색을 회복한 풍천이 비집고 나타나 붕마왕의 옆구리를 휩쓸면서 복잡하게 엮였으니.

붕마왕과 사타왕, 풍천과 부동명왕은 한데 뒤엉키면서 도저히 쉽게 끝나지 않을 난전에 돌입했다.

* * *

하늘을 따라 곳곳이 일그러진다.

분명 화창했던 날씨는 어디선가 일어난 분진으로 시커멓게 물들거나 화려한 섬광으로 푸른 하늘이 가려졌다. 그 뒤를 따라 곳곳에서 수십 개의 천둥이 동시에 터지는 게 아닐까 싶을 정도로 어마어마한 굉음이 세상을 강타했다.

쿠릉! 쿠르르르르릉!

그럴 때마다 지상에는 불비가 쏟아지거나, 까만 우박이 내리거나, 폭풍이 불거나 하는 등 온갖 자연재해가 일어났다.

때문에 일상을 살아가던 사람들은 하던 일을 멈추고 두려움에 찬 눈빛으로 하늘을 올려다봐야만 했다.

"대, 대체 이게 뭐야?"

"천신이 노하셨나? 무슨 일이 벌어지는 거야!"

그런 이상 현상은 아미산에 위치한 사천 지방에만 벌어지는 게 아니었다.

대륙 곳곳에서 목격되었다.

*　　*　　*

천산.

"호법사자님! 밖을! 밖을 보십시오!"

정윤은 여느 때와 마찬가지로 경전을 써 내려가다 말고 갑작스레 자신을 부르는 신도들의 목소리에 밖으로 나왔다가 크게 놀라고 말았다.

천산산맥 저 너머에서 시커먼 먹구름이 몰리더니 세상이 떠나가라 쉴 새 없이 재해를 일으키지 않은가.

저 아래 있는 사막이며 초원, 마을이 과연 무사할 수 있을까 싶을 정도였다.

누가 본다면 세상이 이대로 개벽이 되려나, 종말이 찾아온 것이 아닐까 오해를 해도 이상하지 않을 상황. 두려움에 젖어도 이상하지 않다.

하지만 광명종의 신도들의 확연히 느끼고 있었다.

"저건……!"

"예. 아무래도 신인께서 불신자들에게 징벌을 내리시는 듯합니다."

"드디어!"

"드디어 신벌이 내리는가!"

신도들은 저마다 두 손을 뻗으며 환호를 질렀다.

그들은 선명하게 느낄 수 있었다.

바람을 따라 은은하게 풍기는 신인의 향기를……

신인의 손길이 묻어 있는 광명지에서 살아가는 그들이 어찌 신인의 기운을 모르겠는가!

이것은 확실했다.

신인이 불신자들이 모시는 삿된 신과 부처들을 이 땅에서 내몰기 위해 전쟁을 시작했다는 뜻일지니.

정윤 역시 그것을 확실하게 느꼈기에 얼굴에 화색이 돌았다.

"즉시 호교위영을 준비하라. 신인께서 저토록 수고하시는데 우리가 가만히 있어서야 되겠느냐."

"존명!"

"존명!"

사자들이 호교위영들을 모으기 위해 다급히 움직인다.

정윤은 하늘 쪽을 계속 응시했다.

신도들은 중앙 광장에 나와 전부 치성을 드리고 있었다.

"신인의 뜻에 광명이 깃들길!"

"신인의 뜻에 광명이 깃들길!"

무당산.

납탑도인은 오랜 고민 끝에 우선 고향으로 돌아가자는 생각에 무당산을 오르는 향배객들 틈에 섞였다.

그러다 우연히 쳐다본 하늘에서 천기를 침범하는 검은 기류를 읽고 인상을 살짝 찡그리다, 이내 쓴웃음을 흘렸다.

"시작되는가……."

아니나 다를까.

산문에 다다랐을 때쯤 어수선한 분위기가 납탑도인과 향배객들 맞았다.

"오늘은 향배가 끝났으니 모두 돌아가 주십시오!"

"죄송합니다. 당분간 본 파는 봉문을 할 것이니 이해해 주시길 바랍니다."

제자로 보이는 이들이 나와서 향배객들을 되돌려 보내려 한다.

당연히 반발이 터질 수밖에 없었다.

"그게 무슨 소리요! 봉문이라니! 내가 여기에 오르기 위해 얼마나 먼 길을 왔는 줄 알기나 아오이까! 이럴 수는 없는 법이오!"

"어머니께서 병환에 걸리셨습니다. 진무대제께 치성을 드려야 한단 말입니다!"

"제발 문 좀 열어 주십시오!"

"죄송합니다. 위에서 내려온 명령입니다."

제자들은 산문을 가로막은 채 일체 비켜 줄 생각을 하지 않았다.

그때 갑자기 산문이 활짝 열렸다.

향배객들은 혹시 생각이 바뀐 것인가 싶어 관심을 기울였지만, 그들을 환영하는 인사는 없었다.

대신에 수십에 달하는 문도들이 다급한 기색으로 뛰어나왔다.

"각 봉우리에 있는 암자와 사당을 보호하고! 무슨 일이 있어도 절대 제자리를 벗어나지 마라!"

"존명!"

"존명!"

그들은 결연한 표정으로 흩어졌다.

납탑도인은 그들의 기색에서 지금 이 상황의 이유를 읽을 수 있었다.

"……부처들이 날뛰기 시작하니 신들께서도 마음이 조급해지신 겐가."

명교와 불교 간에 벌어질 전쟁의 결과가 차후 전세(戰勢)에 큰 영향이 끼칠 것은 자명한 일.

거기에 따라 다르게 움직여야 하니 미리 만반의 준비를 갖추려는 것이다.

이미 저쪽 머나먼 서쪽 하늘에서 일기 시작한 먹구름은 무당산에까지 닿으려 하고 있었다.

숭산.

"마하반야 바라밀다······."

"마하반야 바라밀다······."

명교에 의해 백팔나한과 다수의 무승을 잃었던 소림사는 부처들이 이 땅에 내려왔다는 사실을 알고 그들의 승리를 간절히 기원했다.

불경을 외는 소리가 산자락 곳곳에 울렸다.

광명종이 흥하고 다른 종파들이 비교적 쇠했다지만, 그래도 여전히 명교의 흔적은 대륙 곳곳에 남아 있었다.

"정말······!"

"신인이신가?"

하늘에서 벌어지는 이상 현상은 그들의 눈에 신과 부처의 이적으로 보일 수밖에 없었다.

하늘을 뒤덮은 저 시커먼 먹구름이 빨리 걷혀지기를 바라고 또 바랐다.

사람들은 하나둘씩 하늘을 올려다보며 저마다 모시는 신

들의 이름을 간절히 외웠다.

명교, 불교, 도교…… 어느 것 하나 가릴 것 없이 저마다
의 승리를 기복하고, 적에게 패배와 신벌이 내리기를 바랐
다.

신화(神話).

신인 이래 다시는 쓰이지 않을 것 같던 신들의 마지막 노
래가, 하계에서 벌어지고 있었다.

〈다음 권에 계속〉

ORIGINAL FANTASY STORY & ADVENTURE
태선 판타지 장편소설

신수의 주인

매력적인 세계관을 가진 작가 태선의
『여신 시리즈』 마지막을 장식할 또 하나의 유니크한 소설

과연 그녀는 '파혼검'을 만들어 내기에서 승리하고
그녀가 원하는 삶을 쟁취할 수 있을 것인가?

dream
books
드림북스

핏빛 판타지의 연금술사, 쥬논.
그가 펼치는 공포와 선혈의 환상 세계!

『흡혈왕 바하문트』, 『샤피로』를 잇는 그 세 번째 이야기.
검푸른 마해(魔海)의 세계에 그대를 초대합니다.

하라칸

쥬논 판타지 장편소설

dream
books
드림북스